恋情 卷

亲爱的玛嘉烈

青年文摘图书中心 编

李钊平 主编

中国青年出版社

目录

I

田野的新绿 / 像那柠檬的颜色 / 正是这种盈盈的青 / 我那心上的人的眼睛

寻找恐龙妹 –005/ 表白 –011/ 慢慢飞 –018/ 勇敢的面具 –030/ 暗恋 –039/ 遇见 –045/ 风色 –055/ 我们站在那儿,就很美好 –061

II

我站在我从前恋爱的地方 / 天在下雨 / 雨是我的家乡

空号 –068/ 穿越四季爱的人 –075/ 旧房如旧爱 –080/ 会讨好女人,不一定懂得爱 –088/ 没有星期五的无人岛 –093/ 爱在电光石火间 –101/ 爱情风水阵 –107

III

我一直找不到要找的东西 / 也找不到 / 像许多亲吻一样 / 在恋人腰间失掉的玫瑰

了不起和钱没有关系 –114/ 艾米娜的蛋糕情缘 –119/ 我希望有个如你一般的人 –125/ 毒药 –132/ 国王路小茂 –139/ 一颗温柔的珍珠 –146/Hello,树小姐 –153

IV 如果爱不能相等 / 让我成为爱的更多的一个

她很好 —163/ Pictures of love —170/ 你留给我的都是下雪天 —179/ 后海里的鱼都知道我爱你 —185/ 我们始终没能牵手旅行 —192/ 那个恶念叫情非得已 —200/ 我的脸埋在饭盒里永不抬头 —206

V 二月开白花 / 你逃也逃不脱 / 你在哪儿休息 / 哪儿就被我守望着

亲爱的玛嘉烈 —210/ 幻想初恋 —220/ 磨蹭姑娘与她的永恒少年 —228/ 阿凡灯的新水杯 —237/ 滚蛋吧！减肥君 —243/ 走过爱的一刻钟 —249/ 不可逾越，无法忘记 —255/ 爱情，限量版 —262/ 这青春恰是一行波德莱尔 —271

寻找恐龙妹

文／（台湾）王兰芬

一

我考虑过进去，但最后还是决定站在这里。综合教室102，台上的老师声音洪亮，底下安安静静。我以前也是安安静静的大学男生里的一个，只是这几天我有一点怪，不再跟大家差不多了。我有了一点不同，对于这一点我有些羞于启齿，但我知道一定会有越来越多人知道这件事的。不要多久，1995年时念高雄兴明初中三年二班的40个学生里，有九成的人都将听说，易创时在找吴可梅。

易创时，也就是在下区区本人我，找初中同班同学吴可梅有什么可羞于启齿的？如果吴可梅是当时我们的班花，这次的寻找行动就将显得浪漫。然而，非常抱歉地，吴可梅是个不折不扣的恐龙妹。

我挨着102教室的墙壁坐在通往二楼的楼梯上，很想点一根烟。时间在我内心反复的挣扎中过去了，没听到钟声，102却蓦然喧闹开来，老师咳了两声，夹着书本踱出教室走进了办公室。我站在系办前假装认真地读着布告栏里的东西，内心再度挣扎，要不要进去呢？

脑海中出现画面，进去找到老师，面对慈祥的老师我说，不好意思，我在找你女儿吴可梅，可以麻烦告诉我怎么跟她联络吗？

接下来呢？

我站在布告栏前表情千变万化，犹豫了半天，终究还是在无人发现我内心汹涌波涛的情况下，悻悻然离开了。

二

这件事要从前几天说起。

我们高雄的家要搬了，我被骗回去当了三天的苦力。

搬家，尤其搬从出生到现在都没换过的家，是逼着人不得不去面对自己不堪可笑过去的痛苦过程。然后那东西突然蹦出来，我发现手中有一封褪色的、不曾被拆过的信，上面写着：易创时先生收。封口粘得很紧，不过纸质已经松脆易碎，里面有封折成青蛙形状的信纸，得小心翼翼地打开。信里写着：

> 易创时，我很喜欢你，我们班上有很多女生喜欢你，可是我最喜欢你，从小学就开始了，这件事要很勇敢才说得出来，可是再不说我们就要毕业了。上次班会你说你喜欢海，考完试我们一起去旗津好不好？我爸带我去过，那里的烤鱿鱼很好吃，又很便宜，夕阳也很漂亮，让我想到你。
>
> 吴可梅

这，这到底是怎么回事？

我抓着信跌跌撞撞下楼，边跑边喊："妈！"阿信从厨房里探出头，"哟！好久没听见二少爷叫我一声妈了，你不都叫我阿信吗？"我妈叫厉美信，看过日剧《阿信》之后，我就一直叫她阿信，刚刚突然脱口叫妈，足见我有多惊慌。

"这封信什么时候寄来的？"

她歪着头，过半天才"哎呀"一声，"你看我脑子真不中用，这是你初中毕业前的事了，我那时候怕影响你考试心情，打算考完再给你，结果还是忘了。"

冲进客厅拆开好几个已打包好的纸箱，东翻西找终于找出一本初中同学录，在三年级二班找到吴可梅，果然没错，就是我记得的那个样子，矮矮胖胖的、五官平凡。班上男生最喜欢捉弄她，在黑板上画猪头肥身体加两条奇粗无比的腿，旁边写上"美环吴可梅"。不过她从不以为意，还因为自己受到注意而沾沾自喜，扭扭捏捏惺惺作态。

但我并不像我的好朋友们那样讨厌吴可梅。

初三那年有一天，神经质的女老师突然宣布我们后面几排有人集体在小考时作弊，"自己承认吧，不要当懦夫啊！"她说。

我当然有作弊，谁没作弊？第一时间我就站起来，大家盯着我看，脸上安静且惨白。

"很好，我们班上果然是有这种败类啊。"老师冷笑，"还有吗？再站起来呀！不要以为我不敢记你们大过。"

不再有人站起来了，我昔日的战友们，如今皆伏下身垂低了肩膀。"易创时，你很行啊！"老师从前就不喜欢我，因为我是那么明目张胆地看不起她，"幸好我们班上只有你这颗老鼠屎。"

我那时候才初中三年级，即使自认已经是个顶天立地的男子汉了，但毕竟才15岁，在那一刻，还是忍不住地感到空前的脆弱与委屈，眼看着就要哭出来了，我极力忍耐着。

就在那千钧一发之际，吴可梅突然站了起来，班上出现短暂的骚动。

"老师，我也有作弊。"吴可梅说。

她说谎，她根本不作弊。她功课很不好，却从来不作弊。

她站在那里，不会比她坐着时高多少，本来快哭的我想到这点忍不住想笑，但瞬间我又恢复了男子气概，昂扬且冷酷。老师看了眼吴可梅，嫌恶地说："还亏你爸是大学教授，丢人哪。"

那天的收场是老师令我与吴可梅立刻滚出教室。我转身大步开走，吴可梅小跑步跟在后面。虽然感激有人陪我，但仍然嫌弃她是个恐龙妹。我俩在人人皆上课的安静校园里流浪，竟出现一种浪漫的心情，我只可惜相伴的不是美女而是吴可梅。

有个班在上体育课，那里面有我小学同班的哥们儿，我很快获得接纳跟他们一起打篮球。吴可梅坐在旁边看，过了一会儿她突然不断跟我招手，一起打球的都在窃笑，我万分不愿意地走过去，她说："易创时我要去上厕所，你要等我喔。"

打完球大伙招呼着要去喝饮料，我自然跟去。又玩了好久，大家才散开回去上课，这时我想起吴可梅，回头往篮球场走。吴可梅果然还在场边坐着，不过她趴在膝上好像在睡觉，走近后才发现她在哭，我在她旁边坐下，她还是在哭。这是我第一次看见她哭，以前再怎么被老师打或被男生捉弄，我都没看她哭过。

三

"阿霖，我问你件事。"打电话给初中同学萧国霖，"你有没有跟吴可梅联络？"

"吴可梅？恐龙妹吴可梅？谁跟她有联络啊，我又不热爱绝种动物。"阿霖在笑，"你不会打同学录上的电话！"

"电话换了，已经不是他们家的了。"

阿霖说帮我问。第二天探子回报，吴可梅初中毕业就搬家到台北去了，没有人有她的电话，不过知道她爸在大学中文系教书，阿霖还帮我问了她爸爸的名字，"两个办法，一是去找她爸直接问电话，二是我们同学陈圆圆现在跟她念同一个学校，问她看看。"

陈圆圆高挑纤细染了一头金发，一见面她就笑，"易创时你又长高了。"我问有没有吴可梅的消息，她神秘一笑，"人家现在不一样了呢。"

"为什么啊？"

"整容了啊，完全不是以前的吴可梅了，你小子是不是听说了才要找她？"

整容？

电视上天天在说整容，没想到竟然真的有我认识的人去整容，好奇怪的感觉。我问陈圆圆："整得完全认不出来了吗？"那张哭得红肿可笑满是鼻涕的脸，已经从这个世界上消失了吗？

"好像她现在有男朋友了，很幸福喔，是个研究恐龙的，很好玩吧？哈哈，不过吴可梅现在完全不是恐龙了喔。"她说，"如果想见她，我们上同一堂通识课，遇到她我约她出来喝咖啡吧，难得刚好大家都在，而且，"陈圆圆意味深长地看我一眼，"我现在没有男朋友，闲得很。"

四

吴可梅现在不用再哭了吧，我想，至少哭起来不会再那么难看了。

后来我还是没有见到吴可梅，只是放假时我真的去了一趟旗津，在海边一直坐到天黑，晚上有人点起了营火唱歌跳舞，我凑过去时还被请了一杯啤酒。

喝完啤酒我用燃烧着的树枝点燃了一根烟，还顺便点燃了我从口袋里掏出的两封信，一封是吴可梅写的，迟了七年才送达的信，另一封则是我写的，从来没有到达过它该去的地方。

吴可梅，谢谢你那天陪我被老师罚，我觉得你很好，下次我们一起去旗津吧，我带你去吃烤鱿鱼，3支才50块，你比较胖可以吃两支,我吃一支就好了。对不起那天害你哭,祝你以后都不会伤心。

易创时

人们总是太害羞于去做该做的事,而又勇往直前地去做不该做的事。两封信在沙坑里很快烧完,冷却,残灰被海风一吹卷到半空,然后落进蓝黑色的海里去了。

我在心里重新写了一封信给吴可梅:因为你是好女孩,所以你果然得到幸福了啊,只是我还是有点怀念那张哭得很难看的脸,真可惜再也看不到了。

我吹着口哨离开海边,谁能说我不幸福呢?陈圆圆还在台北等我。再说,说不定有一天我还是会与吴可梅再度相遇,喔不对,是吴可梅二号,说不定,只是说不定,我们可以有段真正的爱情。

喂,吴可梅,等到你70岁又老又丑没人喜欢了,我就勉强跟你凑合凑合,反正我也不是没领教过你的丑样子。

如果有一天我真的动手写一封信给吴可梅了,一定记得要把这句话加上去。

表 白

文/木 白

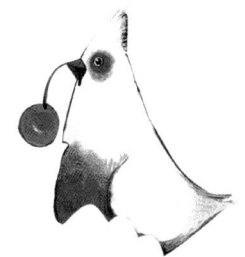

一

记得谁说过,青春就是精力过剩的躁动期。

所以在阿亮对程建说出下面这句话时,程建没有感到半点惊讶。"我要去向暗恋的女孩表白!"他信誓旦旦地说,明显下了许久决心。"哦。"程建继续认真地吃着拉面。

"喂!你就不能给点反应?"阿亮响亮的嗓门引来了食堂里不少人的目光。程建歪着脑袋想了想,回道:"祝好运,再见。"

放学后,程建还是没能逃脱阿亮的拉扯,被阿亮拉着像贼一样鬼鬼祟祟地跟在"心动女孩"的后面。当程建看见前面的两个情影时,表情难以控制地一变,"你喜欢的女生是哪个?"程建抓着阿亮的领子问。"温雅啊,左面长发的那个。"阿亮被程建的举动吓了一跳。程建心里松了口气。

放下戒备的程建铆足了劲儿要往前冲去看那女生的模样,结果被阿亮像死猪一样抱着腿,拖着无法上前。"你能不能男人点,不是要告白嘛!"程建继续使劲要往前冲。"不能是现在,我们今天就只是打探敌情。"阿亮仰着脸哀求地看着程建。

当阿亮和程建终于坐上回家的公交车时,阿亮那可怜巴巴的神态立

刻一扫而光，转而有要开导程建的架势，"等你有了自己喜欢的女生就懂了，你我已经不在一个境界上了。"

"喂，程建，你没有喜欢的女生吧？"阿亮突然像想起什么事儿一样，拉着程建问道。程建的头偏向窗外，没理他的问题，手机的短信提示在兜里发出振动。程建打开盖，屏幕上显出内容，仿佛字里行间透出光泽一般："放学时，你和总在一起的呆子跟着我们干吗？——婉盈。"

程建简短地回了一句"因为有人到发情期了"，便小心地合上了手机。程建抬起头来，看见阿亮一张写满好奇的大脸。

"恶灵退散！"程建按着阿亮的大脸把他往远处推。"谁啊？谁啊？"阿亮不依不饶地继续像个大地鼠般往程建身上拱，"我以为你除了手机报和10086的欠费通知外，就接不到任何短信呢！""别把我和你这个社交低能儿相提并论！"程建抗议道。

"那到底是谁啊？"阿亮的目光已经不再是好奇了，简直充满了幽怨。程建拗不过他，慢悠悠地吐出两个字："朋友。"阿亮一下抓住问题的要害，继续问："男生女生？"程建犹豫了一下，回道："女生。"

阿亮像饱受打击一样跌坐回来，整个路上都在喃喃自语地重复："女生朋友的短信……"

终于落得安静了，程建望着窗外茫茫的夜色，心里忽然涌起一股甜意，其实阿亮再凝练一下词汇就好了，把"女生朋友"改成"女友"。

和阿亮的"心动女生"一起回家的女生，就是给程建发短信的女生——婉盈，程建和她共同拥有只属于他们的秘密。

二

程建和阿亮在别人眼里都是那种传统意义上的优等生，各门成绩优秀，还是每次课堂提问冷场时的救星，甚得老师们欢心。其实，只有他们自己知道，根本不是这么回事！比如，程建秘密地恋爱了，而阿亮则要轰轰烈烈地去追一个女孩。

"我决定了！"中午吃饭时，阿亮把拉面一扫而光，一拍桌子说，"今天就跟她表白！"程建看着他一脸决然的表情，明显还残留着昨晚失眠的证据。"好吧，我陪你！"程建笑着回答。

阿亮做好了万全的准备，甚至像王家卫的电影一样，一遍遍地排练过可能发生的情景。可是刚要踏出门的一刹那，一道闪电划过天空，积压已久的云终于化成了雨，倾盆而降。

阿亮眼睁睁地看着温雅的老爸撑着伞从教室把她接到车里。

程建无法体会阿亮复杂的心情，手机在兜里振动，程建拿出来看了眼短信，把手中的伞留给阿亮，自己悄悄地离开了。

"你真的没伞吗？"

"嗯，没带。"

"只是这一次特例哦，因为下雨。"婉盈在程建身边小声地说。

程建点点头，感受着能为她撑伞遮风避雨的欣喜，虽然淋湿了半边身子，但心里的某个地方却悄然无声地燃烧着。

程建心里想，都是阿亮那个冲动的家伙影响了自己，否则也不会想要和婉盈见面，还要赖一样丢掉自己的伞装作没带，要求她送自己去车站。

在交往之初程建和婉盈有过约定，高中时只以短信的方式互相联系，如果能把这份恋情延续到高中结束，他们会报考同一所大学，那时再真正意义上地在一起。像是天方夜谭吧，在今天，即使面对面都难以维系感情，他们居然会决定谈一场近在眼前却又远在天边的恋爱，会被阿亮骂作"白痴"吧。所以，程建对自己的死党保守了这个秘密。

程建很开心能找到和自己一样的人，如果真的肆无忌惮地去谈一场恋爱未必真的好，但他跟婉盈却可以细水长流。

"你知道吗？我一直坚信未来我们会在一起。"程建没有看婉盈的表情，而是盯着雨幕说。

没有回答，没有任何声音。

公交车慢悠悠地驶进了车站，在程建踏上车门的一刹那，后面传来她的声音："我也相信。"程建猛然回过头，捕捉到了婉盈与自己一样坚定的目光。

三

"怎么了，不再去表白了吗？"篮球场上，程建筋疲力尽地坐在阴凉下，头顶那棵硕大无朋的法国梧桐把阳光切成细碎的光斑。

"在等待一个一击必杀的时机，我不会让命运大魔王再次阻止我了。"阿亮比画了一个搭弓射箭的动作，嘴里发出"咻"的声音。

继上次下雨告白未遂后，阿亮又实施了三次告白计划：第一次，阿亮背着书包刚走到教室门口，被迎面进来的班主任叫住参加临时测验；第二次，快放学时阿亮闹肚子，结果没带纸也没带手机，等了半个小时才被打扫卫生的阿姨解救出来，可学校早已人去楼空；第三次，阿亮顺利尾随放学回家的温雅，就在他要拍肩张口的一瞬间，一只纤纤玉手落在他的肩上，高度紧张的阿亮受惊地回过头，更惊讶的事发生了：一个小师妹要跟他表白。

程建看着阿亮乐观明媚的脸庞，神情不由得一黯。就在昨天晚上，程建趴在书桌上百无聊赖地做着功课，手机"嗡"的一声："下个月温雅就要转校了，叫那个呆子快点。"程建的心"咯噔"一下！

程建告诉阿亮这件事时，阿亮久久地沉默不语，从那天开始，只要有空他就围着操场一圈一圈地跑，直到筋疲力尽，气喘如牛地躺在跑道上望着天空。程建为他的狠劲感到害怕,"喂,你想干吗啊?""追逐命运的脚步!"阿亮的回答依旧狗血得仿佛漫画里的男主角。他把矿泉水"咕咚咕咚"地大口灌下半瓶,然后把剩下的全浇在头上。"你说,什么是青春?"他忽然抬起头,愣愣地看着程建。

"青春?"程建拖着长音思索着,脑海中浮出一幅幅不知所谓的画面,最后定格在为婉盈撑着伞的那一幕,"青春是一段可以犯傻但绝不能留下遗憾的时光。"

当晚,程建收到一条信息,是阿亮发的:"去向婉盈打探温雅离开的行程安排,越详细越好。还有,不要把我当笨蛋,你以为我看不出婉盈和你的关系吗?"程建很淡定地回了一句:"等。"

温雅不和自己的父母一起离开,原因好像是想和大家上完最后的一节课,再由婉盈陪着去长途汽车站坐大巴走。第二天,程建向阿亮汇报完掌握的情报,阿亮盯着新买的城市地图研究良久。

"你打算干吗?"程建看着他双眼发出异样的神采,惴惴不安地问。阿亮抬起头,郑重地说:"哥们儿,我要做一件这辈子最傻的事。"

四

阿亮觉得自己的肺快炸开了,他竭尽全力地奔跑到前面的车站。大巴刚刚开到,里面靠窗的座位有个女孩吃惊地张着大嘴看着阿亮满头大汗朝她挥舞着双手。

这是大巴起点站发出后经过的第三个车站,也是离学校最近的一个站。阿亮靠双腿和熟谙的地形路线,专挑小路捷径,终于在这辆大巴经过时赶到。在车子即将开动的那一瞬间,阿亮拿出事先准备好的横幅,红色的布料上歪歪扭扭地用白色的胶带拼出两个大字:"再见!"

大巴缓缓地开过。阿亮掏出手机,写道:"我叫李亮,你也许对我没有任何印象,即使如此……"他啰啰唆唆打了将近 200 字,然后按下那个早已背熟却从未拨过的号码发了出去。

短信刚发出去,就立刻得到了回复,只看了开头阿亮的头就"嗡"的一下大了,"你好,我认识你的。可是,我只是出去旅游很快就回来的呀!"

KFC 里,程建不顾周围人诧异的目光,笑得眼泪都快出来了,"我真没想到你这么狡猾,能想出这么一个主意。"婉盈一贯温顺的眼神这时闪烁着狡黠的光芒,"谁让你的朋友太二,搞得全世界都知道他喜欢温雅,自己还不敢说。"

程建看着眼前傲娇的少女,又想象了一下阿亮被整的惨样,窗外阳光洒进来仿佛给这一切镀上了一层淡金色,他嘴角上翘,忍不住悠悠叹道:"青春,真好啊!"

慢慢飞

文/铁 头

一

那时男生流行烫头,我的头发烫过几次后,蓬松如枯草,老太太对着我的脸打个喷嚏,也能把我的脑袋喷出个大背头。

我站在公交车站等车,歪着一脑袋草,用竹扦吃豆腐皮。深秋的大风是忽然吹起来的,猝不及防,我挑起的一条豆腐皮被风吹飞,贴到身旁那个女孩的脸上。

"什么玩意儿?"女孩被风吹得龇牙咧嘴,抬手摸脸,摸到一条豆腐皮,那表情跟吃了苍蝇似的,忙摔到地上。

"风也太大了。"女孩身旁那个身高足有一米七五的女孩,"呸、呸"地吐着嘴里的沙子。

脸上贴了豆腐皮的女孩是个圆脸,十分气恼地用纸巾搓脸,叨叨咕咕地,"哪个缺德玩意儿在这么冷的天里顶着大风吃豆腐皮,也不怕被风呛死。"

"是那个瘦高个儿,我看见了。"高个女孩冲我努嘴。

圆脸女孩气冲冲地走过来,指着我质问:"你怎么回事?装没事人啊?"

"什么?"我装傻充愣。

"是你刚才吃的豆腐皮不?"

"没有啊。"

"你手里拿的是什么?"女孩声色俱厉,看着脾气不小。

"这是凉皮,不是豆腐皮。"我抬脚朝校门里走,"我有事先走了啊,再见。"

"就是他,还怪能演戏呢,萝卜脸不红不白的。"高个女生打着寒战,冲我的背影撇嘴揶揄。

后来我打听到,那个圆脸的女孩叫詹梦竹,与大个子女孩廖婷同班,都是文法学院的大一新生。再一次遇到詹梦竹,是冬天来临的时候。

冬天时新生的体育课统一为滑冰课。操场被浇了水,整个被冰面封住,数不清的学生乱糟糟地在冰上滑翔,到处都有人摔跟头。我跳芭蕾舞似的在冰上驰骋翱翔,惹来班里女生们啧啧称赞:"哇,文勇滑得真好。"

我有点儿得意忘形,然后脚下硌到了一个什么突起,跑到操场边还刹不住,一个大马趴摔到雪堆里。

"摔了吧。"一个女孩滑过来,停在我面前笑嘻嘻的,"我眼见你飞到雪堆里,让你得瑟,活该!"

我一看是詹梦竹,白了她一眼,没理睬她。

"你还瞪我?"詹梦竹滑过来指我,"我还没找你算账呢。"

我假装高傲地站起来,欲飘然而去。

"廖婷拦住他。"廖婷立即张开胳膊挡住我的去路。

"别闹,危险。"室友井泉滑到我们之间,"这冰刀划了脸可不是闹着玩的。"

"你闪开。"廖婷用力往一旁拽井泉,不料两个人一起摔倒,井泉成了廖婷的肉垫。

"你看吧，"我气愤地把脸扭向廖婷，"这要摔瘫了，你非嫁给他不可。"

"瞎说什么呢你。"廖婷的脸红了，随即一脸关切地问井泉，"怎么样？严重吗？"

接下来的几天，井泉因为摔伤而得到廖婷接连不断的关心，伤都好了，他们俩还是成天聊QQ发短信。我想这可不是什么好兆头，果不其然，两个星期后的一个午后，井泉告诉我，他和大个子女孩廖婷成了一对恋人。

二

大一快结束的时候，井泉与廖婷闹分手，我去找廖婷为他们说和。

炎炎盛夏，我把廖婷和詹梦竹拦在图书馆门口。

"文勇，你什么都不用说。"廖婷神情萧索，"我肯定不会和井泉和好的。"

"不管因为什么，都该珍惜你们此刻拥有的这段情缘。"我轻叹一声，开始循循善诱地劝导起来，"你看你们俩那也算是郎才女貌。"

"我没看出他有什么才。"廖婷气哼哼地说。

"怎么没才？别的不说，咱们班谁的C语言能有他学得好？"

"那算才啊？"詹梦竹说。

"有你啥事儿？"我瞪她一眼。

"瞪谁？"詹梦竹指着我。

"我没瞪你。"我有点儿肝颤。

"我亲眼看见的，不敢承认吗？"

"不是我不敢承认,我怕过谁?我是真没瞪你,我就是斜着眼看你一下。"

"不一回事吗?"詹梦竹推我。

"我说你严肃点儿行不行?一对恋人都要分崩离析了,你怎么就看不出火候。"我畏惧地往后退,嘴里说道。詹梦竹要笑,但忍住了。

我回去把廖婷的态度对井泉讲了,他也就不抱希望了,渐渐地又振作起来,还加入了学校的什么社团。

暑假结束后,迎新晚会的筹备依然没有进展,井泉非让我与他合唱一首歌作为晚会的开场节目。我千推万推也没推掉,到底与井泉在台上合唱了一首花儿乐队的《嘻唰唰》。

我和井泉抽风似的在台上拼命蹦跳,观众里有人扯着嗓门喊:跳大神,跳大神……没想到詹梦竹忽然冲上台来,给我献了一束花,台下的观众纷纷鼓掌叫好。

演出结束后,我赶紧逃离晚会现场。夜色笼罩的校园里,秋天的凉意让人内心平静,我轻轻哼起了歌。身边突然有人咳嗽,我赶忙转头,见詹梦竹目不斜视地看着前面,抿着嘴笑,说:"今天演出演得挺嗨呗?"

"还……还行,谢谢你送我花。"我讨好地笑。

"对了,花呢?"

"我没带回来。"

詹梦竹的脸色忽变,猛在我的肩膀上来了两杵子,质问道:"你什么意思?"

我非常惭愧地站着,无以应答。詹梦竹霸权主义的脸上突然出现弱国的哀伤,丢下我拧身快步朝前走去。

我赶紧追过去,跟在她后面,"怎么啦?生气了吗?"

"你给我滚一边去。"詹梦竹冲我双掌齐出,击在我的胸口。

我朝后面趔趄几步,站稳身体时,詹梦竹已经快步走远,看着她的背影,我忽然感到心中既温暖又酸涩。

这天晚上井泉接到了廖婷的短信,继续做起恋人,而我,第一次梦见了詹梦竹。

三

大二上半年快结束的时候,廖婷又跟井泉闹分手了,一直到大三开学,他们也没有和好。至于詹梦竹,自从去年我丢了她的花,她就没有再理睬过我。

直到有次,我和井泉去买衣服,偶然看见詹梦竹和她们学院的一个男生挽着胳膊逛街,我心里莫名其妙地有点儿不是滋味。

某天,我拎着浴筐,边吃炸鸡腿,边走在去往澡堂的路上。走到校门口的公交车站时,看见詹梦竹独自在那儿站着。

"哈……哈喽。"我有些紧张地与她招呼,"你干吗去?"

"我等个人。"詹梦竹竟然冲我友好地笑了,"你洗澡去呀?"

"是。"我咀嚼着食物说。

"天凉了,还刮风,你边走边吃炸鸡腿不怕呛风啊?"

"我没吃饭呢,怕洗澡头晕,垫巴垫巴。"我憨笑一下,立时一脸严肃,"你跟你男友处得还挺和谐吗?"

詹梦竹羞涩地笑,说:"我这就等他呢,一会儿去商业街。"

"詹梦竹,要不你和你男朋友分了得了,完了我们俩那什么……在一起。"

詹梦竹十分惊愕，表情怪异地说："你胡说什么呢啊？"

"我跟你说正经的呢。"

詹梦竹像看个怪物一样看我，然后"扑哧"笑了，说："你别闹了好不好？"

"没闹，真的，跟你男朋友分了吧，你男朋友不可靠。有一次我去师范学院看同学，见到他和师范学院的一个女生拉拉扯扯的。"

"文勇，不准你胡说八道！"

我见了詹梦竹的脸色，感到害怕，一手拎着浴筐，一手拿着鸡腿骨，灰溜溜地走了。

从澡堂回来后，我躺在床上辗转反侧，"幸福是自己争取的"这句话翻来覆去在脑子里涌动，然后我给詹梦竹发短信，让她跟男朋友分手，告诉她我有多爱她。詹梦竹没回，可是在午后三点钟的时候，她的电话突然打了过来。

"你给我出来。"是詹梦竹男朋友刘东的声音，很愤怒。

公寓区后那条僻静的胡同里，刘东正和詹梦竹争吵，看见我，刘东疯了似的朝我扑来。

我以前在体校练过一年拳击，有点儿身手，对着刘东的脸，一连三拳，打得他一屁股跌坐在地上。

"文勇，你这个臭不要脸的东西，我打死你。"这时詹梦竹怒火万丈地扑了上来，抡着王八拳要揍我，我掉头就跑。

周一早上，我挤在街边的一个铁皮房窗口前买早餐。

我身旁的廖婷斜着眼看我，"还吃肉夹馍呢？你的心可真大。"

"怎么了？"

"詹梦竹正在学校门口堵你呢，说要废了你。"

"为刘东报仇?"

"她什么脾气你不知道吗?"

"我追她她还打我啊?"

我一边吃肉夹馍,一边小心翼翼地往校门口走,看见詹梦竹正站在校门口东张西望。我看见詹梦竹看见我了,穿过马路朝我这边走,赶紧转身朝公交车站的方向走。

"文勇!你站住!"詹梦竹见我逃跑,朝我追来。

我一个大步蹿上正要关门的公交车,车门差点儿把我的脑袋给夹了。汽车开走,透过窗玻璃,看见詹梦竹正恨恨地朝我张望。

午后,我们打篮球,我勉强进了一个球,却因此扭了脚。大家往寝室走的时候,井泉提醒我:"文勇,寝室楼下的那个是詹梦竹吧?"

"哪儿呢?"我打了一个激灵,看见站在前面的真是她,立即停住脚步,"不行,这是堵我呢,我得闪了。"

"文勇,你给我站住。"詹梦竹往我这边追。

我一瘸一拐,浑身大汗地在秋风里狂奔,转过头,看见詹梦竹锲而不舍地追随,欺负我腿瘸,正越追越近。

前面是图书馆,我绕过喷水池,冲进图书馆,直奔男厕所,詹梦竹紧跟着我也进来了。

"你干吗?"我惊愕地看着她。

"我说你见着我老跑什么啊?"詹梦竹气喘吁吁。

幸好里面没人,我挥手驱逐她,"你出去,这是男厕所。"

"你当我愿意进来呢。"詹梦竹抓着我胳膊往外面拽我,"出来,我找你有事。"

我往厕所里面直挣,嘴里说:"你有什么事?"

"你怎么这么磨叽。"詹梦竹快速扭我胳膊,把我胳膊扭到背后,往外推我。

我嘴里"哎哟、哎哟"着,歪着身子走出厕所。

"我就是想弄明白,你为什么见着我老跑?"詹梦竹站在图书馆一楼的大厅里问我。

"我没跑啊。"

"别不承认,刚还跑了呢。"

"我上厕所,尿急。"

"感觉你好像怕我似的。"

"不能,不能。"我摇头,"我练过拳脚的人,怎么能怕女的。"

"那就好。"詹梦竹随即笑了笑,说,"说真的,我以前以为你顺嘴胡说呢,没想到……唉,你们男的都这么不可靠……"

"我就可靠。"

"也许吧。"詹梦竹看起来很忧伤。

"对了,我找你是有事的。"詹梦竹这才想起正事来,"我是想找你商量一下,看能不能把井泉和廖婷给劝和好,我觉得廖婷还喜欢井泉。"

"是吗?我看行,我觉得井泉对廖婷也还有意思。"我胆怯地笑了笑,羞答答地说,"梦竹,我……我虽然有点儿怕你,但我对你的爱依然是一片冰心在玉壶。"

"啊?什么壶?"詹梦竹转身往门口走,"那就这么定了啊。"

"别急着走啊,我给你解释解释……"我追过去唠唠叨叨地说,"我听凭着心的呼唤……"

四

最近，我对不再欺负我的詹梦竹展开了阴魂不散的追求。

今年的第一场雪悠然飘落，我看见詹梦竹独自走进那家卖土豆粉的店，就也跟着走了进去，我一脸惊喜地说："嗨，这么巧啊。"

詹梦竹抬头看我，说："你都跟我半个月了，巧啥啊，天天巧。"

我红着脸，坐在詹梦竹对面，要了一份土豆粉，笑着说："我觉得我们俩挺有默契的，经过巧妙的安排，愣是把井泉和廖婷给劝好了，我感觉我们俩的思维经常不谋而合。"

"是吗？"

"是的，最近你应该从失恋的阴影里彻底走出来了吧？"

"有你在里边搅和，我失恋快，走出阴影也快，我谢谢你。"

"不客气，通过最近这段时间的接触和交流，我发现我……你……你下一段感情之旅什么时候开始？"

詹梦竹始终在故意绷着脸，说："说不定。"

"我给你推荐推荐吧，那什么……你考虑一下我呗。"

"你？"詹梦竹白了我一眼。

"是啊，你看我体形啊气质啊什么的也都还行，模样虽然不是很帅，但也算有味道，而且还善良，还聪明，还有才艺……"我说得很真诚。

"我说你哪来这么大自信？"

"我……"我正说话，忽然见到对面一个人快速冲我这边来，刚看清是刘东，我的头已经被他手里的手机砸中。趁我来不及反应，他连续向我发起攻击，店里顿时一片混乱。

从学校附近的医院出来时，空中飘落的雪更大了些。我脑袋上缠着纱布，跟在詹梦竹的后面。

我赶上詹梦竹，发现她的脸上正流着泪水，这让我大为惊讶，忙问："你怎么哭了？"

詹梦竹对我的话置若罔闻，也不抹眼泪，快步朝前走。

我追赶着詹梦竹，嘴里复读机似的不断问："你为什么哭啊？"

"别絮絮叨叨的。"詹梦竹呵斥我。

走了一会儿，我大着胆子抬胳膊搂住了她的肩膀，见她没什么反应，我说："我搂你了啊？"

詹梦竹没有反应，我想了想，说："我搂你，你没什么反应，这是不是说明你接受我的追求了？"

詹梦竹抹了抹脸上的雪花和泪水，忍不住要笑。

我又说："那咱们俩以后就算情侣了，是不？你说是不是？"

"你少啰唆。"詹梦竹扭头不耐烦地说。

我们俩放缓脚步，慢慢走，在湿润的雪花飘舞的空气里，像两个漂亮的音符在空气里慢慢地飞着。

走了一会儿，我忍不住又说："我说咱们俩到底是不是情侣？你不会是因为我的脑袋受伤才用肩膀搀扶我的吧？"

詹梦竹破涕为笑，停住脚看着我说："你就不能少说点儿废话吗？"

我憨笑一声，说："能。"

勇敢的面具

文 / 圈外点

一

对于赖雅妍这样的女生,周本瑜是无论如何也喜欢不起来的。

也没有什么不共戴天的矛盾,只不过她俩从头到脚,没有丝毫共同之处。赖雅妍染着时髦的浅驼色头发,脚上的高跟鞋不低于10厘米,每天忙着种目繁多的课余活动,而二次元人类周本瑜,只想像一株植物扎在寝室一角,塞着耳机听喜欢的音乐。

所以周本瑜时常望着天花板想,为什么A大都舍得搞两人一间的寝室了,却不能再下点儿血本干脆做成单间公寓呢?那怨念在这会儿尤其严重。

楼下那个王八蛋这是唱第几首情歌了?把住这层的姑娘招来一大群,像草原上的小羊羔一样欢实地甩着蹄子。

周本瑜在床上翻了个身,真想歪着嘴巴在地上啐口唾沫。都说毁掉一首歌最好的办法是设定成闹铃,如今看来,被拿来当表白情歌唱给赖雅妍听,也能。

周本瑜抬起手腕,手表时针赫然指向"9",她已经忍受一个小时了。她麻利地像只猴子一样跳下床,趿着拖鞋钻进浴室,再出来时,手里多了好大一桶水。

"都让开。"她声音冷冷的,那些围在窗口的姑娘,完全是用动物本能做出了退散的动作,接着"哗啦"一声,那桶水正中楼下目标。歌声戛然而止。

不知哪个女生在人堆里说了句:"哇,真酷!"

二

周本瑜喜欢塞着耳机听音乐,她是最早一批揣着随身听去学校上课的学生。听音乐就像交朋友,脸熟的见面都会点头微笑,可是真正体己有话聊的只有几个。那感觉就像人生知己从天而降,被雷劈了一样。

"警察叔叔没告诉你塞着耳机走路不安全吗?"那人从天而降了,还放肆地摘掉了她的一只耳机。

周本瑜夺回耳机,一脸"老兄你哪位"地瞪着他。

不料那人一点儿都不害臊,还伸手拍拍她的头,"真可爱,你长这么小是怎么高中毕业的啊?哈哈。"

好吧,周本瑜身高只有一米五三,长到腰际的头发柔顺飘逸,一张脸小小的,低头时只能看到小小的白色鼻尖,被形容为"可爱"十分合理。

可是……这个举动是很危险的。周本瑜黑着脸,一记右勾拳捣在对方肚皮上。

那人应声倒地,脸暴青筋吃力地说:"你还记得宿舍楼下唱歌的人吗,我叫于信。"

原来是你。

后来周本瑜有点歉疚地请于信吃比萨,地点是在学校的练琴房,周本瑜看到台上摆放的架子鼓、贝斯,才知道原来于信是玩乐队的。周本瑜拍拍于信的肩,"唱歌这件事,你还是放弃吧。"

于信丧气地垂下肩，哭丧着脸说："你说得没错，我一手组建的乐队稍具规模就把我这个主唱给换了。"

三

于信从没对周本瑜说过喜欢，可大家都知道了，尽管他表达好感的方式怪得只有他自己能理解：他给她买过一整套动物耳朵的发箍，兔子、猫咪、驯鹿……

周本瑜想，这事赖雅妍应该也是知道的。虽然她什么都没说，不过几天后就开始早出晚归，像是有意避免与周本瑜独处。周本瑜心里有一些内疚。

于信的表白来得一点儿都不意外，那时他们的关系已经进展到可以在好天气里找块僻静处打扑克的程度。于信连输三局，周本瑜正被胜利冲昏了头脑，于信把牌往草地上一丢，说："其实我挺喜欢你的。"

周本瑜拒绝得也很直接,她拍拍他的肩,"兄弟,这事你还是放弃吧。"

于信当时没吱声,起身拍拍屁股上的土,说:"去买瓶喝的。"逆着光,周本瑜看不清他的表情,只发觉他身形高大,宽宽的肩膀看起来让人很踏实。几分钟后于信再回来,脸上的神情无恙。

那天晚上,寝室的灯都熄了,周本瑜接到于信的电话,男孩的声音涩涩的:"我好像忘记告诉你,其实那次在宿舍楼下对赖雅妍唱歌,是因为和室友玩大冒险,我输了。然后……这件事,我在那之后不久就跟赖雅妍解释过了。"

挂掉电话,周本瑜还有点儿愣愣的反应不过来,她抻了抻薄被,看到赖雅妍蜷缩在被子里,呼吸平稳。

四

这一天,周本瑜看到消失了一整晚、隔天裹着晨雾走进寝室的赖雅妍时,整夜的担心化为嘴上的不快,"不回来睡是不是应该说一声呢?昨晚打电话你都没接。"

赖雅妍看了她一眼,眼睛红红的,"我被人骗了。"五个字说到尾巴就哽咽了,眼泪流了满脸。

周本瑜的脑袋轰地就炸了。她紧张地抓着赖雅妍的胳膊,"被骗了什么?钱还是人?!"

答案是钱,这个答案倒让周本瑜放下心来。只是数额比较大,八千块,这几乎是她们一年的生活费了。

原来骗子对爱好瑜伽的赖雅妍说,她有做瑜伽师的潜质,送去印度培训一段时间,就可以去健身房上班了。这是一个美好的蓝图,赖雅妍痛快地把八千块交到了中介手里。

"人没事就好,就当买个教训吧,谁没被骗过……"周本瑜几乎是在开口的同时就发觉自己的笨拙,原来她如此不会宽慰人。

红着眼圈的赖雅妍说:"是啊,起码以后不会轻易被骗了。"

五

于信邀请周本瑜去看他们乐队的演出。

这支校园乐队自从踢走了原主唱就日益成长,如今连商演都开始接了。一首陈奕迅的《浮夸》,将现场气氛推向了高潮。

或许是被周围的气氛感染,这首陈奕迅的经典老歌竟让周本瑜听出了独特味道,她动情地随着节奏轻轻摆动着身体。周本瑜,这个安静的小孩,她原本就习惯被音乐的潮水淹没,把自己关在一个封闭而自由的世界里。

音乐收声时,周本瑜眼里似有泪花涌出。

"接下来,请我们的特约嘉宾、我们最亲爱的学长——于信上台。"周本瑜没想到竟然还有于信的戏份,她吸吸鼻子,借着夜色掩饰鼓掌目送他上台。

那旋律周本瑜也熟,许巍的《礼物》。

或许是周本瑜还沉溺在刚刚的动情里,直到音乐结尾于信向她走来,直到他说"我希望,我可以成为你生命中的礼物",所有人都围在她身边齐声喊着"答应他、答应他",周本瑜才恍然大悟。

在那样热烈的气氛里,周本瑜死死咬着下唇,终于从牙缝里挤出了一个字:"不。"

在宿舍楼下那片于信曾对赖雅妍表白的地方,他不死心地追问:"到底为什么?"

周本瑜咬咬嘴唇,"你以前那么高调给赖雅妍唱情歌,我跟她住一个寝室你是知道的,如果跟你在一起……我跟她会很尴尬。"

"是这样吗,周本瑜?"于信皱起了眉,仍旧强迫自己维持着笑容,"还是你不敢呢?你跟我在一起明明是开心的,可是这开心,不足以抵消你内心的畏惧,对吗?你不该是这样的,周本瑜,我宁可希望你傻一点,迟钝一点,放开自己,就好……"

于信的声音变得迟疑,他看到周本瑜渐渐沉下了脸,"说什么呢,于信?你以为你知道我什么呢?"

"是的!我不知道!我什么都做得不好,我送你的礼物都遭到了嘲笑!"于信转身走了,他不想让她看到夺眶而出的眼泪。

六

接下来的七天,周本瑜是掰着手指头过的。以前也不是每天都和于信见面,现在因为一份自己不愿承认的惦念,时光像是绷紧的皮筋被拉得又漫长又惴惴。

是在第七天。赖雅妍打开音乐,摊开灰色的瑜伽垫,对周本瑜说:"你问我为什么喜欢瑜伽,因为瑜伽会让人平静下来,成为一株安静的植物,静默、舒畅。"

周本瑜想起她被骗的事,立刻笑着说:"不如我做你第一个学员,你教我练瑜伽怎么样?"

"当然好啊。"赖雅妍作怪地笑了,"不过这位学员,我有责任提醒你,瑜伽不是逃避的工具,解决问题还要从症结入手,你和于信好几天没见了吧?"

是的,赖雅妍不在意。周本瑜也早就知道,她只是懦弱地把她抓来做挡箭牌。只是当事实终于像剥开的石榴露出里面一粒粒红色的真相,周本瑜还是不肯认命地去看一看自己的心。

她迅速地转移了话题,"上次你被骗钱的事,你爸妈后来有生气吗?"

赖雅妍低下头,整理瑜伽垫翘起的一角,"没有。"

在海浪让人渐渐放松下来的声音里,赖雅妍平静地说:"其实,我爸妈已经过世了。我14岁那年,他们出了车祸。"

周本瑜惊讶得张大嘴巴,忘记了说"对不起"。

赖雅妍勾起嘴角摇摇头,"其实也难得有机会跟人说这些。我今年20岁,距离那时过去了6年,已经不会痛得不能自持。你知道吗,其实对我来说最重要的事,是让自己保持对生活的热情,是最爱的亲人都已离开这个世界,仍要保持爱人的能力。所以我做很多事,聚会、瑜伽……因为这样,才有活着的意义。"

音乐在静静流淌,包裹住两个小小的却已独当一面去生活的身体,包裹着那颗用力跳动的心。

七

周本瑜找了个没人的地方痛快地哭了一场,她问自己,赖雅妍失去了一切,仍能敞开心扉去爱,而自己什么都没有失去,为什么却不能。

她在一遍遍的问询里,终于如愿看到那个胆小怯懦的自己,那个把自己紧紧包裹不肯让别人靠近的自己,这个自己蒙蔽了她的心,让她把于信推开,也让她看不清赖雅妍。

再见到于信是一个礼拜后。星期六,她去图书馆借书,碰巧于信也在那里。周本瑜笨拙地开启话题:"你借了什么书?"

"嗯?"于信慌张地看向手里的书,看到的却是书的背面,他终于挫败地垂下肩膀,"好吧,我不知道。"

"嗯?"

"其实,我今天是特意去图书馆等你的。"于信说,"我输了,周本瑜。你不来找我,我只好来找你,显然,我喜欢你比你喜欢我要多。"

他们走在红砖铺就的甬路上,路边的法国梧桐已经不剩几片树叶,可秋日柔和的阳光并没有让这画面有萧条之感,周本瑜眯起眼睛,仔细端详面前这个一脸困窘、挫败慌张到语无伦次的男孩。她看到他被阳光晒红了脸,看到他高大的身形和宽宽的肩膀,看到他很早之前就试图用自己的方式把她拽出那个自我的小世界。

这一晚,周本瑜又接到了于信的电话,"我喜欢你,周本瑜。"这次的声音里没有惴惴,有着孤注一掷的勇气。

周本瑜听到那男生急呼呼地说:"我喜欢你,小小的,看起来很可爱,喜欢你表里不一,心里想什么偏偏不去做,喜欢你心里住着一个执拗固执的小小人,喜欢你……说我唱歌很烂。"

周本瑜哭了,眼泪成串地滑落在她的衣服上,你瞧啊,这个善良可爱的男生,又一次给了她台阶。

不,他给她的,其实是一个能够让她面对藏在安静外表下执拗固执的自己、面对剥开的石榴一样一粒粒红色真相的、勇敢的面具。

周本瑜终于说:"好。"

暗 恋

文/易 茗

一

我一直在想，该怎样开头才能把这整件事抽丝剥茧。

不如先说说我的朋友 M 先生。

M 先生话不多，总是喜欢思索一些奇奇怪怪的问题，得出的答案往往让我琢磨半天。

比如，他洗衣服的时候，手上会套着他的袜子。再比如，冬天洗完澡出来，他会用毛巾裹住脚，在湿漉漉的拖鞋里踩一下再拿出来。

我总会说，多洗一双袜子会死吗？或者，弯下腰把拖鞋里的水擦干会死吗？

M 先生只是诡谲地一笑，说："那样不更省事吗？"

但是他对身边的人和事却显然没有那么大的耐心。

比如一个英语六级屡考屡不过的朋友，M 先生问她是否上过辅导班？朋友无限惆怅地说："当然上了。"M 先生眉头紧锁做思考状，"那就应该是你自己的问题了。"

我相信大部分朋友都曾有过想掐死他的冲动，不过这也可能就是他一直单身的原因。

前几天，他突然在QQ上问我："认不认识淙淙这个人？"

这个名字我认得，加了我的人人网，时不时发一些状态，没有上传真实头像，也不知道真身是谁，只知道她是一个女生，和我们一个学校。

奇怪的是 M 为什么会问到她。

这个叫淙淙的女生，没有发表任何日志，没有上传任何相册。唯一不同的是，她的状态更新非常频繁，几乎每天一条，甚至一天两条或者更多，而所有的状态主题，都与一个"他"有关。

"今天和朋友去爬山了，多想和他单独去爬山。"

"其实每天登 QQ 就是希望他的头像可以抖动，这样就好了。"

诸如此类，将近 500 条状态。不过底下没有任何人回复，仿佛是她一个人自言自语，又无人捧场一样尴尬。

状态里大多是"我"和"他"，夹杂着些许"朋友"，然后便是时而明媚、时而忧伤的意象。

"他解开衬衫最上面一个扣子，他的脖子真好看，连身后的阳光都温暖了起来。"

我明白了，这是一个爱情自生自灭的过程——暗恋。

二

"你都不好奇她是谁吗？" M 先生问，"或者说她暗恋的那个人是谁？"

我重新审视那个简单的人人网主页。

淙淙，头像是一条金鱼，不是星级用户，没有绑定手机，看她的状态是从去年 9 月份开始。

"今天看见他，远远地就觉得，真帅，偷偷看了好久。"这是去年 9 月 16 号，第一条状态。类似一见钟情的开始。

看她的资料，1992年1月出生，现在应该上大二。那么，一年前第一次见到"他"，岂不是大学才刚刚开学？

她的中小学资料都没有填写，更没有其他的联系方式，甚至连留言板都处于关闭状态。

不过，她有和我包括M先生在内的快20个共同好友。

显然，M先生也注意到了这一点。

"你有没有发现，这些共同好友都是咱们社的？"M先生说，"这下范围一下子缩小了好多。"

"你是要把去年招进来的妹子一个个对比一遍吗？"我反问。

"不不，"M先生否认我的主张，"我的意思是，她暗恋的那个人肯定是我们社的，而她本人则不好说。"

"啊？"我不解。

"你看这个'两个礼拜没有见到他，想假装制造偶遇都不知道去哪儿。'"M先生截图给我看，"这是上学期开学没多久的。"

"不对，"我反驳，"没准他上学期退了呢？大一的妹子因为喜欢这个男主角而加入社团，没想到男主角却退了。"我接着说。

"可是你这么一说，我就觉得奇怪了。"M先生说。

"哪里奇怪了？"

"我没觉得她是大一的妹子。"M先生说。

"为什么呢？"

"她说话的语气不像大一的。"

"这算什么理由啊……"

"直觉。"M先生又说。

男人的直觉真说不准,更何况像 M 先生这种古怪的人。

"或者我们换一个方向,"M 先生说道,"你看看你和她的共同好友,还有她其他的好友。"

共同好友都是社团的,并且都是大三大四的,其他好友看学校倒都是天南海北都有。

"她的好友各个年龄层次都有,就像故意加这些社团的好友又胡乱加了这些人来掩饰什么一样。这就没错了,她其实是大二或者大三才开始写这些状态的,也就是说她现在应该是大三或者大四。"

"那她之前不上人人网,遇到男主角之后才开始用?"我很白痴地问。

"你个笨蛋,"M 先生说,"你连这是小号都看不出来吗?"

我词穷了。

"所以,这个号的主人和那个'他'应该就在这 20 个人中。"M 先生说道。

我打开共同好友,一共 10 个男生,8 个女生,加上我就是 9 个女生。

"不过这个男主角不可能是 Kammy。"M 先生说道。

Kammy 长得正,纳新的时候的确有不少女生是冲着 Kammy 才来的。

"为什么呢?"我又问。

"因为不可能是大一的妹子啊,大二、大三的妹子要喜欢 Kammy,何必要等一到两年?"M 先生又分析道。

"可是这个妹子是 1992 年的啊。"我又说道。

"1992 年也肯定是随便填的吧,这个妹子够狡猾的。去年 9 月 16 号就是我们纳新那天,"M 先生说,"她没说第一次遇见'他',更说明她不是大一的。"

"那天大家的确都在。"我接茬道。

"嗯，肯定是以前没注意到，那天一下子惊艳到了，哈哈。"

M先生其实是个很冷的人，难得见他用"哈哈"这样的字眼表达自己的开心。

"又可以排除两个人了。"M先生说道。

"谁啊？"

"小晖和Richard。"

然后是一张截图：看见他喝醉的样子，真心疼。

"小晖酒精过敏，Richard超能喝酒不会喝醉是吧？"我表示赞同。

"那么还剩下7个男生了，除了小晖、Richard和Kammy。"M先生说，"我饿了，去泡面。"

"既然排除了Kammy，那小露也可以排除了，"我说，"小露喜欢Kammy众所周知。"

"排除法不好玩啊，"M先生表示不屑，"得再发现点线索才行。"

我回了个省略号过去，那边半天没动静。

过了许久，M先生才说道："这妹子肯定是退了的。你看这个'忙的时候有他陪伴不觉得忙，现在闲了，却还感觉不如忙'。"

M先生又停顿了一会儿，说道："我大概知道是谁了。"

三

"啊？"我心里一惊。

"最美的不是下雨天，是曾与你躲过雨的屋檐。"M先生又截了图给我。

时间是上学期的开始。我的记忆瞬间被打开了。

我们五个人开完社团大会后，走到一半下起倾盆大雨，便躲在信息楼的台阶上。

五个人中三男两女,男生是 M 先生、杰哥和阿文,女生是我和 Sara。

"为什么我觉得我就是那个男主角呢?"M 先生开始自言自语。

我也顺着思路,看到那条状态后面的一条:他的伞还在我这里,我总是忘记还给他。

"那天把你们俩送到宿舍楼下,我把我的伞给了 Sara。"M 先生说道。

一切真相大白了。

Sara 和我们一样,现在都已经大四了,上学期退了社团,这两点都很符合。那天,也确实拿了 M 先生的伞。

"哈哈,我出去一下。"M 先生似乎很开心,"我去找她,告诉她其实我也一直喜欢她。"

我没回,而 M 先生的头像也迅速变成了灰色。

我打开人人网,退出,进入了另一个账户,改了最后一条状态:他还是不知道我喜欢他。

回过头,那把格子雨伞静静地放置在角落。

耳边是 Sara 的声音:"这把伞你帮我还给 M 先生吧。"

去年纳新,M 先生很不情愿地穿上西装,卖萌般地吸引小学妹加入社团。我去得有些迟了,看见 M 先生一边扯着领带一边说:"这见鬼的领子卡死我了。"突然觉得他好帅。

改完状态,盯着那个还没被我关掉的对话框发呆。突然,手机响了,是 M 先生。

"喂,我在你宿舍楼下。"那边传来熟悉的、好听的声音。

"嗯。"我答应道。

"把我的伞给我吧,还有,晚上一起吃饭吧。"

遇 见

文/叶 离

一

"我想就这样牵着你的手不放开,爱能不能够永远单纯没有悲哀,我想带你骑单车……"周杰伦的老歌忽然响起来,印帆迟迟没有关上手机闹钟,就让它唱完了整首歌。还是一样好听……

印帆常年在外工作,母亲一个人在家摆水果摊,十几年风里来雨里去。年末母亲扭伤了腰,印帆请假在家照顾她,可刚好没几天她又起早贪黑去做生意。

印帆从床上爬起来,准备给母亲煮上饺子送过去。盖上锅盖,印帆回到房间整理东西,拉开抽屉往下翻,看到了一本同学录,第一页是他写的,单单写了姓名,留言里只有一句话:祝你有一个光明美好的未来。印帆抬头看向窗外靛蓝色的天空。有6年没见过你了吧?傅川。

二

印帆认识傅川,是在高考的前几个月,在那之前印帆对他只是羡慕,不对,是嫉妒。

那天放学,公交车几乎被挤爆了,印帆瞥见一个空位,立刻一个箭步冲上去,正要抢到手时,座位靠背上多出一只手来。未等印帆抬眼去看,头顶上先传来对方的声音:"难不成印帆同学在校外还要和我争个高低?"

谁知道我的名字?印帆的视线与对方撞上后才恍然,对方是一班的优等生傅川,名字常年被钉在光荣榜第一,从未被超越过,平时两人不同班也没交集。

"我没看见……还是你坐吧。"印帆把手从座位上移开。

"开玩笑的啦,第一次和你说话,请多多指教。"他笑着顺手扶住女生的背,"你坐。"男生手心的温度隔着衣服传到后背,这种可以用"温柔"来形容的力度,让印帆羞涩地红了脸。

印帆坐下后,稍稍转过眼睛瞥向傅川,他穿着规整的校服,圆寸头干净爽朗,个子很高。

"那个……你怎么知道我的名字?"想要说谢谢,但话到嘴边却拐了弯。

男生有些诧异地看着她,"老跟在我后面的第二名不可能不认识吧?"印帆的脸更红了。

回家途中,印帆回想着车上的情景。经过刚刚的短暂接触,她感觉比起令人眼红的成绩,此刻在脑海里的却是他的微笑。

三

"嘿!"好友凑近印帆耳朵说,"知道最近大家都在流行'青春期尾巴上的恋爱'吗?"原来,为了不留遗憾,高三私底下涌出不少拿出勇气来向倾慕之人表达心意的人,自然也促成许多在这青春尾巴上牵起手来的知心人。

知心人?一刹那,印帆脑海中居然闪过了傅川的脸。

晚自习上课前,印帆翻开复习讲义,里面夹了一张纸条,"下课来图书馆门口一下,有事相求。——傅川"。印帆眨了好几下眼睛,才确认留字条的的确是那个仅有一面之缘的男生。

"印帆同学一定知道最近在流行什么吧?"图书馆门前,傅川站在路灯的昏黄里,义正词严地问印帆。

"干吗问这个……"印帆支支吾吾地回答。

"关于'青春尾巴上的恋爱',印帆同学也一定有所向往吧。"傅川走上前一步。

"乱讲什么!"印帆想要逃跑,却被男生拉住。"印帆同学会来这里赴约,显然并不讨厌我,所以……请务必和我交往,完成我们共同的心愿。"印帆彻底被男生演讲般的说辞吓到了,"印帆同学喜欢我吗?点头。"

印帆条件反射点了点头,又立刻摇了摇。

"反对无效……"

就这样,青春尾巴上,他们成了彼此的初恋。

说是在一起,其实不过是每天课余时间凑在一起复习,上课时不互发短信,下课也很少打电话。更多时候两人躲在图书馆里,各自埋头看书做题,印帆的数学要靠傅川指导,而男生的英语也需要她的协助,说是情侣,学习搭档更符合他们的关系。

在交往了一个月之后的某个夜晚,正在做听力练习的印帆,收到同样在做听力的傅川的短信:"不行,听不进去。"

"耐着性子听。"

"我更想你问我,饿不饿?累不累?"

印帆看着屏幕上的字,愣了愣,"你干吗突然这样?"

"没什么啦，记得睡前给我短信。"

印帆握着手机一时想不出回什么，于是干脆静下心继续练听力，等再回过神，已经过了凌晨，给他回过短信后准备睡觉，不一会儿，手机亮起来，傅川说："晚安。"

"把你吵醒了吧？"

"一直都没睡，在听歌，和等你的短信。"

印帆干涩的眼睛忽然涌上一股温热。可恶的书呆子的浪漫。

大概是从那天开始，印帆和傅川之间开始加入了些情侣该有的情趣。比如一起在操场跑步解压，迎风朝对方绽开最灿烂的微笑；比如开始接受男生准备的早餐；比如在图书馆，互相在草稿纸上对话。还比如，傅川开始唱歌给印帆听，"周杰伦的《简单爱》好不好？"

"好啊。"接着男生就在电话里清唱起来，他的声线特别清亮好听。

"我想就这样牵着你的手不放开，爱能不能够永远单纯没有悲哀，我想带你骑单车，我想和你看棒球，想这样没担忧，唱着歌一直走……"那个夜晚傅川的歌声蔓延进了她的梦里。

第二天中午，印帆将偷偷做的便当交给傅川：是他爱吃的虾仁炒饭，旁边还添上了菠萝片。最后饭盒里只剩下菠萝片没有动，"不爱吃吗？"印帆问。

"从小就不喜欢，不过炒饭的味道很不错。"傅川笑着说，"你终于开始做女朋友该做的事啦。"

印帆害羞地别开脸，沉默了会儿，她想起来什么："最近学校搞文艺大赛，你去参加吧！"

"不行吧？老师不会让的。"

印帆有点失落。

紧接着就是高三的第一轮模拟考试,放榜那天,傅川发现自己还在第一,而印帆却落到了第十名。放学后,傅川看见她从办公室出来,落寞的脸勉强展开了笑容。傅川只是看着她,半晌才说:"我送你回去。"

印帆和傅川坐在公交车的最后一排,窗外的夕阳斜斜地透过玻璃照进来。傅川转过头,看见女生眼睛里泛着光,他慢慢把手从膝盖上移过去,第一次握住了印帆的手,女生惊慌地想要抽离,却被握得更紧。

傅川认真地看着她,"印帆,你是不是觉得很不值得和我在一起?"

"怎么这么问?"

傅川看向窗外,手却没放开,"别人谈恋爱光明正大,可是我们却偷偷摸摸的,就因为我们是尖子生……"视线重新回到印帆脸上,"你羡慕他们吗?"

印帆回答不上来,她羡慕,可是她没法说出口,就像傅川说的,他们还有不能退步的成绩。

傅川嘴角扩开弧度,"那个比赛,我去参加。"

四

比赛安排在一个傍晚时分。终于等到傅川上场,灯光打在他身上,就像王子一般。大概所有人都认出了他是高三的万年第一,喧闹声立刻高涨,"我想唱一首歌送给我喜欢的女生,高三(二)班的印帆同学。"傅川将目光紧紧锁在印帆身上。其他观众纷纷看过来,印帆不由得用手捂住了嘴巴。会场顿时掌声如雷。

接着傅川开始唱歌,熟悉的人和熟悉的声音,那天在电话里听到鼻酸,而此刻印帆的眼泪也止不住。

隔天他们就被叫去了办公室谈话。两人站在各自的班主任面前,就是不说话,印帆都不知道自己是哪儿来的勇气。

两天后是模拟考后的家长会,散会后印帆母亲拉住班主任,殷勤地送上最贵的水果,苦口婆心拜托他多关照印帆。不远处的走廊上,傅川正站在那里,安静地看着这一切。

那天放学,天空乌云密布,傅川和印帆照例坐在公交车上,玻璃窗上斜斜地滑过几颗雨滴,接着大雨倾盆。世界在哗哗的雨声里嘈杂一片。久久看着窗外的印帆转过头对傅川说:"还有一个月就高考了。"

傅川点点头,"是啊,真快。"

"你为什么那么努力读书呢?"印帆静静地看着他。

没想到女生会问这么奇怪的问题,但傅川还是回答她:"小时候觉得每天只能去学校上学,特别无聊,贪玩被骂还不如用心学习好了,毕竟成绩好是大家都开心的事。你呢?"

"我必须好好读书,我妈妈一个人太辛苦了,她这辈子就盼我能出人头地。"印帆笑了笑,"是不是很苦情?"

傅川摇摇头,"不会。当初会喜欢你,就觉得你是一个特别勤奋的人。那天我还看到你帮你妈一边照顾摊子,一边背单词。"

印帆心里涌过一阵暖流,此刻她发现傅川就是她的知心人,温柔、体贴,让她忍不住歪过头靠在了他的肩膀上。

五

学校难得放假一天,傅川把印帆叫出来,"走,今天别管什么高考,我们正经约会一次。"那天天气很好,傅川带她到了海洋馆,深蓝色的世界,五彩斑斓的鱼群徜徉而过,傅川嚷嚷着要给印帆拍照,女生扭捏着但还是在男生按下快门前开心地笑起来。行程的最后,两人去拍了大头贴,傅川趁机亲了印帆一口,女生羞涩地说要删掉,男生硬是留了下来。

从海洋馆出来已近黄昏,他们沿着河堤走,河面上铺开大片的金黄色光斑。印帆开心地蹦跳起来,"谢谢你,傅川。"

"你开心就好了。"傅川嘴角浮现微笑。

印帆走到他身边,期待地问:"高考结束我们再出来好不好?"

傅川半晌没出声,最后轻轻说:"印帆,我们分手吧。"

"怎么了?"印帆一头雾水。

傅川表情倒不像开玩笑,"我太任性,要你和我在一起,害你成绩退步……"

"和你没关系……"

"不,你绝不可能掉到第十去。"傅川逆光站着,阴影覆盖在印帆身上,"而且,那天我看见你妈妈那么诚恳地请求老师关照你,我不可以影响你。印帆,回去以前的日子,考出一个好成绩回报你妈妈。"

"傅川,我讨厌你。"印帆丢下傅川,转身跑走。从那天开始,印帆再也没有和傅川说过话。

后来的三模,班主任喜出望外,"印帆终于打败了传奇傅川夺得第一!"印帆愣在座位上。怎么可能?"老师……傅川可能只是没发挥好。"印帆说。

"是啊,可是他就要回老家准备高考了,所以这里就是你的天下啊!"

傅川他要走了吗?印帆心里忽然塌下去一块。

临近毕业,印帆将一张同学录放进傅川的抽屉里,然而直到他离开,同学录也没有被送回来。

傅川走的那天,印帆一路狂奔到车站,可惜傅川已经走了。正当印帆惊慌失措的时候,车站的工作人员递给她一张纸,是她给傅川的同学录,"你是印帆吗?有人让我把这个交给你,他说你一定会来。"印帆接过同学录,上面只写了傅川的名字,纸的背面写着一行"祝你有一个光明美好的未来",印帆顿时泪流不止。

从那天到现在,足足6年了。傅川,你在你的未来还好吗?

六

"妈,饺子来了。"印帆走进水果铺,将饺子放下,"老板老板……"门外有客人光顾。

母亲正要起身却被印帆挡住,"我来。"母亲还是有点不放心,"你可以吗?这个是老顾客了,经常来买水果,机灵点啊。"

对方是一个胖胖的男人。"请问您想买什么?"印帆问。

"你就看着帮我挑,多装点也没事。"男人憨憨地笑起来。

印帆抖开塑料袋往里面装水果,然后称重算钱。刚要提起来,对方发现什么似的,"能不能把菠萝换掉?"印帆便换上了几个橙子,"给你,一共六十六。"

"给,不用找了。"男人递上一张一百,拿起水果就走了。

车门打开,男人钻进去,惊讶道:"我终于看到印帆了!"一边将水果塞给司机。

"她回来了?"戴上眼镜的傅川成熟了不少。

"真不打算去解释一下啊?"原来当初傅川和印帆分手,不完全因为怕影响她的成绩,而是他要离开,或许以后都不能和她再见面。傅川看着袋里的橙子,淡淡地说:"可能她已经忘了我吧。"

好友却有点不甘心,"既然这样你干吗还专程回这里工作?"傅川沉默着,半响才说:"走吧。"

刚要发动车子,一双手嗒嗒嗒地敲在车窗上。傅川俯身去看,顿时表情僵硬。"怎么是你？"

"都怪你漏洞百出。"印帆轻松地笑着，"多年不见，别来无恙，傅川同学。"

"呃，是是……"

"关于光明美好的未来……"印帆在窗外弯下身，看着里面的男生，"没有你，可不能实现哪。"

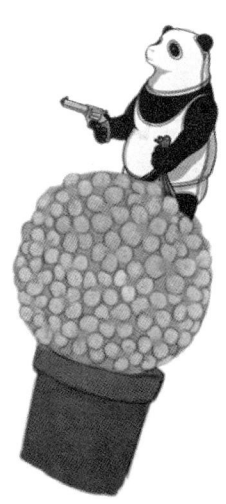

风 色

文/尹子茜

一

新生报到那天,第一次走城西道。椰子这年十三岁,考上离家很远的学校,每天乘公交车上学、放学。

第二堂体育课。蒋老师按高矮将三个班同学混编在一起。椰子个子很高,被排在了一排的开头。鸭子被老师直接排在椰子身旁。鸭子望了一眼椰子,说:我认得你。军训的时候你就坐在我对面,你头发好长呀。当时觉得你好成熟,还以为我们对面坐的是高中部的。

椰子说,真的呀,当时我看对面女生也觉得好成熟,我也以为我们对面坐的是高中部的。

两个女生相视而笑,老师喊,不许说话。风从一头吹来,吹起她们蓝色的衣角。

第二次走城西路便是和鸭子一起了。两家在同一片区域,乘同一路车。每一天放学,两个女生相互等待。

第二学期,两人有时也骑车,之间的话越来越多。

然后,两人一起发现了那个男生。

椰子进校已经两个月了。老师让同学们绕着操场跑步,椰子和鸭子并排,椰子一边跑步一边看着操场里踢球的男生,绿茵茵的草地上,穿深蓝色校服的男生们四处奔跑。中间穿紫红色毛衣、蓝色收腿校裤的男生不大用力地随意跑着。

椰子对鸭子说:"鸭子,看那个穿紫红色毛衣的人。"

鸭子看见了。

椰子说:"长得好像雪兔。"

鸭子皱了皱眉头,说:"是比较白啦。"

再骑车的时候,她们给男生起好了代号。

"鸭子,那是耙子吧?"

"呵,好像是耶。"

耙子骑车很快地从两个女孩旁边穿了过去。

二

这一天两个女孩放学很早,天气微阴。两人正一边慢悠悠地骑车一边聊学校论坛上的事,男生猛地超车打破了悠闲的节奏。

招呼鸭子的声音,男生好像也听见了。

"他回头看你了吗?"鸭子问。

"不要,我一定很傻。"

椰子催促鸭子,车骑得快起来。一个路口红灯处,耙子停了下来,回头斜了一眼。两人跟在后面,不敢靠近。

接着绿灯亮了,男生蹬着车飞快地骑走了,两个女生努力跟着。那一段路很长,三个人骑得飞快,其他行人都被甩在了后面,宽阔的路面上只剩下了耙子、鸭子、椰子三人没命地蹬车。风从梧叶上落下来拂动女孩微微发红的脸庞。到红灯路口男生停下来,女生从他身边擦过，右拐而去。

鸭子说："你真花痴。"

椰子笑笑说："没有啦。"

紫红毛衣，蓝校服，二年级，黑色半框眼镜，蓝黑双肩包，除此之外不再知道更多，直到在同学帮助下，一点点打听出班级和名字。这世上总有一些完全蒙在鼓里的盲目的爱心吧。

椰子坐公交上学时，偶尔能看见耙子目不斜视地骑着一辆银色山地车，下了车往学校走的路上，耙子会骑着车从身边擦过去，椰子就一直看着他的背影。雨天，耙子也会乘公交车，上了车就径直钻进车厢的最深处，女生踮起脚也望不见侧脸。椰子很努力地学习，她想自己很优秀的话，总会被注意到的吧。

在茫茫人群中挑一个完全陌生的人来喜欢，只有靠许多的天运和人缘。

三

再次面对耙子，第二学期快结束了。

暮春阴雨连绵，放学后椰子和鸭子一同坐公交回家，两人慢悠悠走到公交车站，看见一辆21路正准备开走，门口拥着待上车的人，耙子高高地立在当中。

椰子拉着鸭子就跑向公交车，一头钻进黑乎乎的车厢。椰子做了一个"去也"的手势，鸭子点点头。椰子转过身去挤到耙子身旁。

站在耙子身边，椰子只及男生肩膀。

她抬起头试探地叫了一声："齐珂？"

耙子转过头来。

椰子望着男孩，小声说："我很喜欢你。"

男孩笑了一下。

"谢谢你。"

"我叫殷耶。"

"嗯。"

公车慢慢地行驶,像再温柔不过的歌谣。此后椰子见到耙子都会招呼他,耙子会朝椰子招个手,或者点一下头。椰子每天仔细留心二年级发生的事,制造出几个有趣的话题,看见耙子的时候可以说上一些有内容的话。耙子告诉了椰子他的手机号码,椰子有时会紧张地拨上一个,短短地说上几句,也不敢说长。椰子做操的时候也惦记着,吃饭、体育课、上学、放学都惦记着,希望可以见上耙子一面。椰子坐在窗口的时候,紧紧地盯着窗外。耙子过生日,椰子送了他一幅画,耙子也笑了一下。此外没有发生更多事,也没有更多话,没有更进一步的关切或厌恶。

四

随后三年级一届毕业了。

年少的时候,很短的路也可以走很久,椰子的二年级像是过了很长时间才结束。

三年级考完中考,返校领取分数条。椰子走到没有人的路上,拨耙子的电话,耙子声音带笑地告诉她自己考得不错能上高中部,椰子高兴地挂下电话。

一种特别热情的日子,好像过去了。

三年级的时候,鸭子搬了家,椰子和鸭子不再一同放学。椰子认识了更多的人,有了一群咋咋呼呼围着转的学弟学妹。转眼又到了毕业季,椰子去了高中部,鸭子去了高中部分校。

暑假的一天，椰子到鸭子家玩，两个人趴在床上吹着冷气翻漫画。

鸭子问椰子后来怎么没和耙子发展下去，椰子翻了一页，说自己并不知道。

二年级冬天的一个晚上，放学很晚，鸭子先回家了。

空气冰凉，晶莹剔透。椰子出校门的时候刚好碰见耙子，两个人并肩而行。

椰子问："我可以握一下你的手吗？"

椰子伸出手握住他放在校服口袋里戴毛线手套的手指，耙子也没躲开。走了一段，耙子说看见同学了就松开了。

公交车行驶在夜色中，车内静静地亮着灯。两个人默默地坐了一段路。临下车时，椰子问："有一天你有可能会喜欢我吗？"

"我已经喜欢你了，你不知道的吗？"

耳旁的风把长发都吹起来。

男生朝女生笑盈盈地跑过来。

白衬衫黑裤子的班级在烘热的聚光灯下把歌声唱起来。

我们站在那儿，就很美好

文 / 浅　浅

一

终于念到了何晓阳的同桌，记得在名单上扫到过这个名字，入学成绩超高，不知是个四眼妹，还是个小美妞。

何晓阳抬起没睡醒的脑袋，只觉得晕晕的，看到眼前的一大坨，更是觉得自己一定还在睡梦中，就迷迷糊糊地问了一句："您是李娇？"

对方笑眯眯地回了一句："别用敬称，多疏远！"

"那我总不能叫你娇娇吧……"何晓阳抚了抚胸口，本来想说太恶心了实在叫不出口，话滚到嘴边生生咽了回去，变成了"叫得太亲密容易产生误会"。

"没事没事，大丈夫不拘小节，江湖上看得起的都叫兄弟一声李帅。"

"噗"，何晓阳面部表情抽搐了一下。据她目测，这位兄弟估计体重不下200斤，还李帅……于是她特无奈地挥挥手，把头转向了窗外，轻飘飘地吐出一句："我还是叫你李坨吧。"

窗外微风似梦，夹杂着雨后泥土的芬芳，什么东西落在了脸上，打碎了那些念想。伸手抓住，睁眼看看，是一片粉嫩的海棠花瓣。这节自习课睡得真舒服，何晓阳伸了个懒腰，忍不住又偷偷往教室的最后面看了看。果然，李娇以同样的姿势，朝着另外一个方向，睡得正酣。

怎么会梦到开学第一天的事情呢，是在潜意识里怀念着的吧？因为那样的日子大抵再也不会有了。她和他比赛睡觉，输了的人请喝可乐。有时她先醒了，就会"不经意"地碰到垒在两人之间的书墙，在它坍塌的一瞬间，立刻趴回去睡好。几秒钟之后，就会听到李娇的哀叹："老子怎么又输了？"

于是下课的时候，何晓阳就"理所当然"地有了可乐喝。

但那些都是一年多前的事，他们已经好久不曾认真地说过话了。

二

何晓阳喜欢在两节晚自习之间去操场散步，学校里的花很多，春夏秋的空气里似乎都夹杂着花香，她知道李大坨喜欢在这个时候去操场跑步。操场上只有主席台那里有灯光，于是无数个晚上，何晓阳就走到那里，爬上高高的主席台向下看，每隔 3 分 30 秒，大坨就会出现一次，是匀速曲线运动。

暖黄色的灯光暧昧地柔和了他的轮廓，那张棱角分明的脸，仿佛也变得温柔了，连带着让何晓阳的心也变得软软的。她知道李大坨人生最大的伤感就是当初填户口本的那位兄弟手一哆嗦，就把骄抖成了娇；她知道他喜欢足球，支持巴萨，爱梅西；她还知道他喜欢甜的喜欢辣的喜欢吃板面，但她却不知道，如何让他知道她喜欢他。

至于从什么时候喜欢上他，为什么会喜欢他，何晓阳自己也不知道。

最初的相熟，是因为班主任史无前例的分座方法——抓阄，导致了160 厘米的她和 180 厘米的他很不和谐地坐在了一起。而后来的分开，也正是因为班主任意识到了这个分座方法不合理，但那已是一学期以后的事。

彼时何晓阳正在为李娇又偷用了她的卫生纸而怒不可遏，听到班主任说换座位立刻拍手称快，指着他的鼻子说："滚吧滚吧，思想有多远，你给老娘滚多远。"

看到李大坨背着包灰溜溜地走到最后一排时，何晓阳无比痛快。为了庆祝，她决定小睡一下。醒来时她感觉旁边没什么动静，心想李大坨这小子还睡着呢，便毫不犹豫地弄倒了书墙，结果立刻传来女生压低的愤怒之音："自己不学习就算了，睡觉还不老实！"

何晓阳立刻就清醒了，一边说着对不起一边收拾倒了的书，心里却觉得空空的，忽然想到一句话：太阳与星辰本不该相遇，否则便会拥抱永恒的遗憾。

下课的时候，李娇走过来对着她伸出手，"这回睡觉比赛你输了，我看见你醒了，你要请我喝可乐。"

她本来想说，你都看见我醒了那还不是你先醒的……但她忽然又觉得，他还在，真好，原来什么都没变。

三

高三那年的冬天，正是《暮光之城》风靡的时候。某个周日的上午，李娇甩给何晓阳一张电影票，"下午那半天月假咱俩看电影去吧。"

没等何晓阳那惊讶得张大了的嘴巴里发出声音，他补充道："我妈单位发的，她懒得去看。"顿了一下又丢出一句，"作为回报你要请我喝可乐。"

"还真是……斤斤计较！"何晓阳在他走了之后小声嘟囔了一句，但心里是隐约的甜蜜。也许所谓的疏离只是高三的忙碌在作祟吧，他心里到底还是想着她的。

电影很唯美，她最喜欢的一个场景是：爱德华和贝拉躺在草地上，花很美，风很轻，阳光洒下来，他们就静静地躺着，没有多余的言语，爱就在那里。

黑暗中,她鬼使神差地看了旁边的李大坨一眼,他瘦了之后她才发现,其实他的眉眼很好看,刚毅又不粗糙,像爱德华一样,很 man。

电影散场的时候外面已是华灯初上,竟然还飘起了零星的雪花。李娇跑去街边的奶茶店买了两杯热奶茶,何晓阳接过一杯抱在手里,觉得温暖极了。这时李娇的室友不知道从哪里跑了出来,对着他坏笑,"你小子这是谈恋爱了啊?还瞒着哥儿几个呢!"

对于高三学生而言,这种绯闻如果传到班主任耳朵里,故事中的男女主角基本上都会对对方避之不及,这也意味着绯闻变成事实的可能性会非常非常小。想到这里,何晓阳毫不犹豫地弹开八丈远,大声吼道:"就是天底下男生都绝种了,我也不会跟这一大坨谈恋爱啊,你别搞笑了。"

李娇的室友讪讪地走了,何晓阳松了一口气,却没注意到李娇手里的奶茶杯已经被握得变了形。好久之后,他才木木地吐出一句:"走吧,我送你回家。"

到家之后,何晓阳怎么也睡不着,脑子里翻来覆去都是黑暗中李娇模糊的轮廓,以及电影里那美丽的场景。她拿出手机改了一个很文艺的签名:我希望有那么一个地方,花很香,树很绿,草在风中结种子,阳光洒满地。而我喜欢的那个人,我们站在那儿,什么都不说,就会觉得很美好。

四

原本以为,从那之后两人的距离会变得比以前更近,可何晓阳却发现,李娇似乎对她越来越冷淡了。她想问为什么,却不知要如何开口。时光就在这种她不知原因的淡漠疏离中,渐渐流逝了。

高考结束后,她来学校拿成绩单,碰到了李娇。几十天不见,她看着他高大的身影，忽然有种想哭的冲动。倒是他，笑眯眯地走过来，抓过她的通知书，鬼哭狼嚎了一声："哟，跟我离得挺近的嘛。"何晓阳也踮起脚看了看他手中的录取通知书，虽然不在一个城市，但确实离得不远，心里忽然就放松了下来。本以为从此南辕北辙，但命运到底还是留了一线生机给她。

那天的碰面打破了原本僵冷的气氛，他们又像以前一样，在QQ上东扯西扯，有说有笑。直到九个月后的一天，她在他的签名上看到了这样一句话：花很香，树很绿，草在风中结种子，阳光洒满地。心里蓦地荡起了层层涟漪，那是她曾经签名的一部分，他是在暗示什么吗？

平生第一次，何晓阳同志鼓起了勇气，英勇无比地买了一张去他城市的车票，直接奔到了他面前，却在见到他的瞬间石化了。准确地说，是见到他手里牵着的撑着一把草绿色晴雨伞的姑娘的时候石化了。李娇显然也很惊讶，"你怎么来了？"

"我，我……"她结结巴巴地不知道说什么好，看着对方紧握的手终于还是怒了，我喜欢你这么多年，你凭什么立刻就喜欢了别人啊！于是她爆发了，冲着李娇问："这是你表妹？"

"啊，你怎么知道的？"

坐在蛋糕店里，何晓阳觉得刚才自己真是傻透了。于是她酝酿着，酝酿着，本想说一句类似"情不知所起，一往而深"的文艺段子，结果不小心又把实话抖了出来："爷看上你了！"

对面的李娇一拍桌子："我从了！"

何晓阳"扑哧"一下就笑了，"你就不反抗一下吗？"

李娇也笑了，"不然你以为我当初是钱多烧的，你天天拿书砸醒我，我还天天给你买可乐喝啊。"

"那你喜欢我为什么不早说？非得老娘亲口说吗？"

"你不是说,天下男生都绝种了,也不会和我谈恋爱的吗?"

原来是这样。

大学是一个偏过头就会看见陌生人的地方,何晓阳很庆幸,他们没有因为误会而错过,他还站在这里,在她回眸能够看到的咫尺间。她用指尖轻轻碰了碰他的手,真暖,真好。于是他得寸进尺地握住了她,拉她去了一个地方。

那是他学校附近一处很大的草坪,里面开着漂亮的小白花,草场周围有很高很高的树,阳光从树叶间洒落下来,美得刚刚好。他说,第一眼看见这里的时候,就想到了她那年的签名,他还说,如果她身边的人是他,那就最好了。

这里花很香,树很绿,草在风中结种子,有阳光洒落满地。

他们牵着手,站在这里,什么都没有说,却觉得很美好。

空 号

文/荒 述

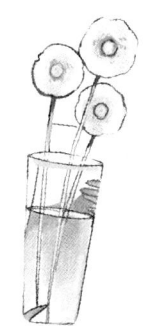

一

很多时候,我搞不清陈婉在哪儿,正在做什么。

不是我不想知道,是陈婉并不想让我知道。如果一个人不想让你找到,你就是抓住她的手,她也会凭空蒸发掉。

陈婉第一次失踪是在上卫校的第一年,我在读寄宿高中。我忽然想起她已经好久没有打电话来,就掏出手机拨了她的号码,已经成了空号。那时我没有随身电脑,手机也不智能,等一个学期后回家,连QQ列表的好友里都没有了她。我问同学有谁知道她的电话,他们都摇头。

我以为她就这样消失的时候,她又忽然出现了。她每次打过来的电话号码都不太一样,接通以后,她在那边又说又笑然后问我:"林皓你能听见吗?这里好热闹。"我试图把耳朵贴着电话更近些,但只能遗憾地告诉她我听不清,接着她就挂了电话。

后来我去北京读大学,听说陈婉也在北京的医院工作,不满20岁的她已经工作了两年,这让每个月从父母手里领生活费的我多少有点惭愧。直到有一天,我又接到了陈婉的电话,她一边嘤嘤地哭一边说着我听不清的话,我问她在哪儿,立刻赶了过去——这是初中毕业以后我第一次看见陈婉。

二

那是一片待拆迁的小区，砖块瓦砾的后面尚且残存着三栋楼，供电只到晚上8点，陈婉在第一栋楼三层最里面那间，和两个不认识的女人合租。陈婉坐在自己只放得下一张床垫的屋子里，她已经哭过了。她很平静地跟我说，没事的林皓，我只是有些想家。我暗暗地舒了口气，来之前我把能想到的最坏的情况都想过了，还好，只是想家。陈婉说不远处有家好吃的米线，很像我们初中时候学校门口那家的味道，她说要带我去，收拾了东西马上拽着我下楼了。

我问陈婉是不是很辛苦，她说当然辛苦，什么脏活累活都干，碰到神志不清的病人、不讲理的家属，被打骂也是经常事儿，今天就是被一个家属骂了。

聊到半夜，送陈婉回去，借着月色看见黑乎乎的三栋楼一点灯光都没有，我说这里太不安全了，她笑着说没事都习惯了，都是些穷人住在这儿，不会碰到打劫的。

可是这么黑她不害怕吗？

我接了个家教，指导初中二年级的女孩悦悦。她的成绩并不差，她用成人般的口气告诉我，她想尽快学完初中甚至高中的课程。我问为什么，她说因为她想快点离开家，要多快有多快，只有考上大学才能彻底离开。这让我想起14岁时永远在班里考第一的陈婉说的话，只有上了卫校她才能迅速工作，离开家，尽管当时她有了保送重点高中的名额，但最后那个名额给了我。

我每周给悦悦上三个晚上的课，有时候下课拖延了时间误了公交，她妈妈会开车把我送回学校。每次一上车她就焦急地询问她女儿的学习情况，其间还要接好多个电话，说很多我听不懂的建筑名词。

渐渐相熟，我从未见过悦悦的爸爸，隐约也猜到了些什么。有时候我会在悦悦没有课的下午带她回学校听教授讲课,虽然她是听不太懂的,但她还是表示大学里很有意思。我问她哪里有意思了,她说你看那些在校园里接吻拥抱的哥哥姐姐们多么勇敢啊!然后她又忽然想起了什么似的问我:"你怎么不恋爱啊?"我还在想怎么回答这个问题,她又问:"那你有喜欢的人吗?"

有的,我心里想着。

三

大学毕业不久,陈婉告诉我她考上了医学院,要读五年,然后问我等她毕业都27了,会不会变成剩女,然后去参加一个又一个奇葩的相亲,最后谁也不要她,她就孤独终老了。我笑着说她想得太多了,生活终归没有电视剧狗血。她临去上学的一周,我们每天都约见,去游乐场,去电影院……在烤肉摊喝得醉醺醺的陈婉问我是不是喜欢她,为什么这么多年都不换手机号码,谁都找不到的时候,也一定能找到我。问完不等我回答,她就靠着我肩膀呼呼地睡着了。

陈婉走了以后,我开始工作。我住过一有人走过就扑扑落灰的楼梯下的隔间,也住过即使在干燥的北京也是一年四季永远潮湿的地下室。我很少去应酬,吃得也很清淡,我想把所有不必要花的钱都存起来。

我一直在想那个晚上我最终没说出口的话她会不会知道,打陈婉的电话,又是空号。有时候我怀疑陈婉究竟有没有在我的生活里出现过,那一周天天见面的生活现在想起来也如梦境般不真实。

她就像雾中的小鹿,在一片氤氲中忽而出现,忽而消失。

我抓不住她，因为我不能确定抓住了她，她会不会觉得幸福，也许奔跑才是她最喜欢的生活。如果我有一片漂亮的森林，我肯定毫不犹豫地送给她。

悦悦连跳了两级成绩依然在年级名列前茅。很快，她就去高考了，可她并没有填一个离家远远的大学，而是报考了北京的大学。

我悄悄问悦悦为何不远走高飞，她不好意思地说因为她有了喜欢的人，而那个男孩也在这里。

我和悦悦坐在麦当劳里，我们的师生关系也就到此结束了。我心里盘算着要再去找份兼职，问她有没有学弟学妹需要家教，多几个人也没关系，不要怕我教不过来。悦悦奇怪地问我：你很需要钱吗？干吗这么拼命！我说没有，晚上闲着也是闲着。悦悦还问我和我喜欢的那个女孩有没有在一起，我说目前还没有。她又问是不是对方不喜欢我，我说我不知道。悦悦还告诉我怎么追女孩才能更有效，我想，我很羡慕她。那个下午，我一直坐在那里看着来来往往穿着宽松校服的中学生们，他们在那么美好的时光里。

悦悦叫我去她家一趟拿我忘记带走的教参笔记，我站在门口听到了悦悦的妈妈和一个男人的争吵，悦悦妈带着哭腔，争论着和钱有关的事情。悦悦告诉我，那是她爸爸，妈妈自从做房地产生意以后他们就不断地争吵，后来她爸爸就不怎么回来了。她爸爸是科学院的研究员，每天都在实验室里，但是赚不了多少钱。

想来，悦悦的父母当年也是经过你侬我侬的恋爱的，可为什么十几年只剩下争吵？我不愿想象我的生活也会如此，如果只是因为钱，我想我会更难过。

四

周日我去了一趟燕郊，听说那里有好多新开盘的楼，售楼小姐十分热情地带我参观各式样板房。

我记得陈婉说，医院答应她等她毕业了还回去工作，她在那里累积了不少人脉，回去工作也是必然结果。燕郊的房子虽然便宜终究还是太远了，每天要倒四趟地铁才能到陈婉工作的医院，她那么不规律的作息时间，有个近一点的住所才好。我打电话想问悦悦的妈妈知不知道那家医院周围有哪些楼盘售卖，结果她十分急切地说有事求我。

悦悦的妈妈还没坐定，就数落起悦悦来，原来她和那个男孩的事她妈妈知道了。她妈妈认为男孩家境一般，没什么前途，一定让我劝劝悦悦别耽误了前途。我问她为什么家境很重要，她说如果只是头脑一热恋爱结婚，结果就会像她和悦悦的爸爸一样，蜜月期一过，到了经济紧张的时候就会吵架，最后吵掉了所有的感情，两败俱伤。是的，这样的故事我看了许多，它们让我畏缩不前，让我十分清楚地认识到自己什么都没有，即便和陈婉在一起也注定是这样的结果。

我说悦悦正在经历她人生最清澈的感情，没有其他任何东西附加在这段感情上，无论是否修成正果，都是段美好的回忆。悦悦的妈妈若有所思，这才想起来问我找她有什么事，我大概说了一下，悦悦妈觉得我不可理喻极了，想去给一个既不是恋人也不是亲人的女孩买房子，而且对方还不知道这件事。我反问她如果悦悦的爸爸努力赚钱，他们还会争吵吗？她说钱只是个借口啊，她只是想要他多陪陪她，如果真的那么恨他早就离婚了。她让我尽快去找陈婉，要多快有多快。

可我还是慢了一步，我接到陈婉的电话，她说有事情和我说。

她从兜里掏出一个信封，我看到烫着金字的大红喜帖，一时语塞。

陈婉问我就不祝福她一下吗，我脑子里很乱，不知道为什么脱口而出:陈婉我买房子了。

陈婉说那很好啊。

我说是给你买的。

陈婉愣住了,然后她开始哭,问我为什么一直不肯说。我说我不敢说,我知道她从小就想离开家,我知道她后来住在那么危险的地方是因为她没有自己的家,我想等我攒够了钱,能理直气壮地说我给她一个家的时候再来追她。陈婉问我为什么都不去找她,我说她的电话总是换,我每次打过去都是空号。

她问我是否知道为什么她总是换电话,我说不知道。她说因为她喜欢我,可是怕我并无心意,怕等不到我的电话就一直换号码,这样就可以安慰自己是因为换了号码我才找不到她。她一直努力工作努力读医学院,希望我不会嫌弃她。

怎么会呢,陈婉,我们的心意都明了了不是吗?这已经是最幸福的事了。都已经决定了,你就好好地去结婚,去做个美丽的新娘。我会祝福你的,我希望你过得比这世界上谁都好。真的。

五

我打开那张喜帖,里面没有姓名……

穿越四季爱的人

文/区 野

一

程遇安坐在小馆二楼临街靠窗的位置看书等人,窗子是敞开着的,可以听见马路偶尔喧哗的声音。有阳光调皮地挤进来,街边大树底下有斑驳的亮点。程遇安低头翻着自己的手抄本:我知道有几条街可以一走再走／有几句话却不能一说再说／我知道有几首歌可以一唱再唱／有几处秋天的树林不能一再经过。

忽然街对面的中心公园草坪上传来一阵热闹喧哗的声音,有一对年轻的新人,活泼地和朋友闹。有人扯了一大把粉红色的气球扔在地面,大家欢快地一脚一个,踩破的气球声像爆竹一样。

程遇安看着,咧开嘴微微地笑,眼眶湿润,有眼泪默默地流出来。一段关系的建立,需要两个勇敢坚定的人一起努力。15岁时的程遇安喜欢嘲笑那些新人胸口上别着的"新郎"与"新娘"胸花,难道没有标,别人就不知道吗?但这不妨碍程遇安做她嘴巴里说的傻事,凶巴巴地抓着沈航在他额头上贴一张小纸条,上面用正楷字工整地写着:我的沈航。

一个多月前,程遇安多方辗转联系上移民加拿大失去消息7年的表姐。表姐寄来了一封保存久远的信,信封已经泛黄,信纸还依稀闻得到一抹花露水的香。信纸背面是密密麻麻、层层叠叠、反复书写的两个字,那是程遇安当年最爱干的无聊事,将写满"沈航"名字的白纸洒上花露水,然后交代沈航写信寄到表姐家。

沈航的最后一封信，字体不像印象中的隽秀，倒像是刚抓起笔学写字的孩童被逼着抄写的一行字。

"我有女朋友了，她不嫌弃我。"

二

年少的程遇安放学后每天必须待在家里的面馆看店，无聊的时候便练字。那个黄昏，程遇安抄写完一段文字，抬头看见一个熟悉的俊朗身影，正慵懒着身子斜斜地倚靠在店门口，收回目光的瞬间，眼角的余光瞥见他清澈的目光穿过人群，对着自己，闪闪地亮了一下，同时站直了身子，浅浅地笑着。

那会儿 TVB 上播放着一个程遇安非常喜欢的广告：我不是想吃面，我只是想多见你几面。程遇安还用粉笔写在小黑板上，当成自家面馆的广告宣传语。程遇安后来问沈航为什么不再吃面了，沈航说你们家的面实在是不好吃，实在是吃不下了。所以那天只好苦恼地杵在门口，没想到那一望，就吸引了程遇安的注意。

两人手都没有拉过，学校里的老师却惊恐地找到程遇安谆谆教诲了一堂课。她说你们两个竞争年级排名第一可以，别的小动作就不要干了。程遇安嘴里乖乖地听话，在沈航面前却爆发了被压抑的不满情绪。为了哄程遇安开心，沈航偷偷开了家里的摩托车，说要带她兜兜风。

沈航不知道，那辆搁置在家里的摩托车刹车失灵。下坡的时候，沈航扭着头对身后紧紧抱着自己的程遇安说，你快跳车，程遇安害怕地说不敢。沈航发觉自己真的没办法控制眼前这辆犹如脱缰野马的车，迎着扑面而来嘶吼着的风，恨恨地大声对程遇安喊，跳！

那次车祸，沈航倒在血泊里。程遇安跳车的时候摔到路边，沿着倾斜的草坡滚到底下。因为伤口疼得撕心裂肺，程遇安清醒地大哭，狼狈地挪着身体，一下一下爬到马路上。远远望见前面有人聚拢着看热闹，程遇安将脸贴着地面，再也使不出力气向前爬，她闭上眼睛之前喊着沈航的名字。

三

没有人将两人的意外联系到一起，因为程遇安醒过来第一个通知的人是表姐。表姐替她圆了谎，说是两姐妹出去玩。表姐替病床上的程遇安去看沈航，回来说他仍然在昏迷当中。

程遇安闹着要去看一看，表姐表示，沈妈妈听说出事时，有人和沈航在一起，她觉得是这个人害了自己的儿子，正"通缉"着呢。程遇安听着表姐的话，一惊，退缩了。当初为了不让家长发现两人关系，表姐就教程遇安让沈航写信寄到她那里，表姐以过来人的口吻说，你只有考上最好的大学，出色，才能自由地选择和谁在一起。

伤愈后，程遇安很快回到学校，发疯一样学习，那次她取代了沈航第一的位置，老师在班会上让大家向程遇安学习。而沈航依然在医院未曾醒来。

虽然表姐一再禁止程遇安去医院，她还是没能忍住。沈妈妈询问了程遇安在学校里的成绩，听说是年级第一的学生，便叹息着说沈航要是没有发生意外，一直都能考第一。沈妈妈毫不掩饰地喜欢读书好的学生。

程遇安看病床边上的柜子放着录音机，便问沈妈妈，他能听见吗？

不知道，医生只是说试试，也许听见喜欢的声音就会有反应。沈妈妈伤心地哭起来，说自己这时候才发现不知道儿子喜欢什么，只在他床头发现这盒录音带。

程遇安哆嗦着手按了播放键，"春的花秋的风冬的飘雪爱的人，多缤纷多欢欣多美丽人生……"有一次，程遇安把这歌词抄了一遍送给沈航，她以为沈航没有听过，不喜欢。

告别沈妈妈，程遇安躲在医院的走廊上号啕大哭。

大学期间，程遇安没有和任何人亲近，除了泡图书馆，就是给沈航写信。因为害怕沈妈妈拆开信来看，程遇安每次都写一些学习上的问题，关于三角函数，关于化学反应，但就这样，程遇安也觉得是一个安慰。

直到表姐在电话里说，沈航出院了，程遇安连夜坐飞机赶回来。她永远忘不了那一幕，沈妈妈搀扶着长得圆滚滚、口角流着唾液、蹒跚挪步的沈航回家。好不容易逮到一个机会，沈妈妈被人喊走，不在沈航身边。程遇安上前轻轻地拍了拍背对着自己的沈航，沈航动作缓慢地转过身来，眼神呆滞，咿咿呀呀地对着程遇安叫。

四

许多人以为程遇安这个人只爱钱，她常常愿意放弃休假的时间，替人出差，干别人嫌弃的工作。如果不是这样，她不会有机会到加拿大，也没有办法找到失去联系的表姐。

那封信鬼使神差地一直被保留着。表姐说，做了三个孩子的母亲后她才明白，爱，有时候，存在过就能温暖一生，让你在密布荆棘的人生路上不断前进。

但我们仍然喜欢躲着自己的心，寻找爱情的细节。表姐在加拿大搬过几次家，很多东西都在搬动中遗失了，她保证找到信就马上寄给程遇安。

但信里的内容实在不太美好，或许只是对程遇安不美好——沈航有了女朋友。

人一辈子干过几件蠢事并不稀奇，要是一直蠢下去，会不会被老天惩罚？程遇安担心沈航不幸福，她要确认那个幸运的女孩比自己更爱沈航，才能甘心放弃。不论他生病或是健康，富有或贫穷，始终忠于他，直到离开这个世界。那么骄傲的沈航啊，在信里写了"嫌弃"两个字，刺痛了程遇安的心。

在小馆约了女孩见面,她是电台 DJ,正想要采访程遇安这样事业有成的大龄剩女。那么丢脸的事情,程遇安故意送上门,假装勉强答应接受采访。

女孩很健谈,采访结束后表示自己非常喜欢程遇安这样的优秀女性。程遇安云淡风轻地引出关于女孩自己的爱情问题。

嗨,那时候有个傻瓜每天给我们电台写信,十年如一日就点一首老土的歌《春的花秋的风冬的飘雪爱的人》。女孩大大咧咧地笑,像阳光一样洒在程遇安的周围。

忘了告诉你,这个小馆以前是面馆,那个傻瓜每天到这里吃难吃的面,就为了见喜欢的人一面。说着说着,女孩的眼睛也起了雾。哼,那么傻的一个人,康复以后就是不停地寻找一个当年嫌弃他抛弃他的女孩,真是无药可救。

不过他也算傻人有傻福,这些年为了医治他,家里都快倾家荡产了,幸好有另外一个傻瓜一直汇款给他。我问是不是暗恋他的人,他说不是,人家就是心地好,不认识的人。女孩嘴角爱扯一个笑,提起傻瓜的时候,眼角眉梢都洋溢着自己的喜欢。

程遇安又难过又高兴地恭喜女孩。

是该恭喜,恭喜我终于有勇气离开这个不爱我的人。女孩潇洒地挥挥手,我们现在只是好朋友,他身体好了,脑袋依然秀逗,他说不想欺骗我,他一直没有办法忘记唯一爱过的那个人。

程遇安越过女孩的肩膀,发现一个日思夜想的身影出现在楼梯转角处,他也正好望了过来,目光灼灼,四目对视的刹那,亮了一下。女孩的声音依然萦绕在耳边,她说今天那个傻瓜也要过来,他担心我找不到这个小馆的位置,他说很少人记得这里曾经有过一间破落的面馆……

旧房如旧爱

文／李月亮

一

凡香此刻已经化身成一个绿眼妖魔，她双目喷火地盯着Daisy微博最新发出的那张大头照。她把那照片放大了又放大，以职业摄影师的精准眼光观测Daisy脖颈上那条银质项链，越看越觉得跟启明那条无比相像。天哪，他们已经戴上了情侣项链。

凡香说至今启明还没正式承认他有了新女友，他还会接我电话跟我聊天，还会穿我给他买的衬衫。老姐说，他只是想砍你砍得温柔点。凡香不信。

二

凡香近期的工作任务是去老城区拍老房子。她每天背着相机包骑着小摩托穿梭在一条条等着被拆的老街老巷，早出晚归。

其实并不辛苦，早出只是为了借取朝阳的光，晚归是要夕阳，而每天从上午十点到下午三点间，她都泡在一个小咖啡馆，发呆晒太阳，实在无聊了就写写诗。诗的内容通常是这样的：

啊！她就是一条切得又歪又窄的发糕。啊！我愿做一只小羊，代表你把那发糕吃掉，让她在我肚子里尽情撒娇。

这种大快人心的诗凡香写过很多首，它们帮助她度过了许多委屈孤单妒忌怀念的恶毒夜晚。除了写诗，还有另一件事让她愉快，就是夕阳落山时，去海鲜市场买两斤欢蹦乱跳的虾，提回家煮了，配一碟姜醋，倒一杯红酒，一个人慢慢地把几十只全吃掉。凡香说过，世界上她最爱的是启明，第二爱的是大虾。

有一次吃着吃着凡香哭了，以前和启明一起吃虾时，他常常先剥出一些来，在盘子上摆出各种有美好寓意的造型，端到她跟前说，一点心意，不成敬意，请笑纳。跟学艺术的男人谈恋爱，就是会有这种福利。当然，比那些造型更美好的，是启明的心，一个男人肯花心思取悦你，这无疑令人既感动又感伤——感动是在当时，感伤是在日后。

三

有一次凡香也试着用九只大虾摆出两颗心的造型，可惜她总是弯不出适当的弧度。但她还是把那两颗瘪瘪瞎瞎的心拍了下来，发给启明，并对他说：曾经它们又美又美味，现在却不美也没味，亲爱的你把我的味觉都带走了。

启明回她：我发功还给你，现在吧嗒吧嗒嘴，看回来没。凡香真的吧嗒了两下嘴，味觉回没回来不知道，但笑意回来了。他一句话，她的天又亮了。

凡香一觉睡到了第二天上午十点，一天的工作时间就浪费了一半。醒来后她想了想，决心去拍夫子胡同，因为启明是在那里长大的。

他们恋爱谈得如火如荼时，启明带她去过。那是一条干净而悠长的老巷，窄得只能容两三个人并肩走路。启明说住在这的人，想不熟识都不行。

这条胡同是凡香本次的拍摄任务之一，但她一直没有鼓足勇气故地重游

的勇气,要不是昨天启明的回复短信,她大概就不会来了。

正午过后,凡香到了。不出所料,一走进胡同口,好多个启明就扑面而来。在巷子里奔跑笑闹的启明,在房顶上飞檐走壁的启明,坐在家门口小石凳上追忆童年的启明……

也许世界本来就是轮转的,人或者物,不断易主才是常态。就像启明家的老房子,卖给了一户人家,又卖给另一户人家。

四

已经分手半年之久,凡香却从未觉得启明离她远过。

在凡香的认知里,一拍两散恩断义绝从此老死不相往来,才是情侣分手的常态。但她和启明偏偏不一样,他们之间保留了一些隐秘的温情。比如凡香毫无意义的短信,十次有八次启明会回她。凡香哪怕夜里三点鬼呼叫,启明也毫无怨言地陪她聊,不但听她诉苦,也向她诉苦,语气与情绪和分手前并无二致……总之,虽然启明在没有公开的事实上屡屡重挫凡香,但许多蛛丝马迹表明,这是一次留有余地的分手,启明还没有在旧爱新欢间做出最后抉择,至少,他对凡香余情未了。

所以,凡香心里依稀还有些光亮,那光亮诱使她下定决心不怕牺牲排除万难去争取胜利。

她拍了许多夫子胡同的照片,晚上打包发给启明,还配了首诗,曰:巷子还那么窄,旧木门老石凳都在,燕子念旧归来,桃花红红火火盛开,那年的少年那年的爱,是否早就更改?

启明回复说,好久没去夫子胡同,看了照片还真怀念。凡香说我明天还去,一起吧。启明犹豫了一下说,好。

五

上次凡香和启明来,是并肩携手,这一次却变成了一前一后。但一前一后也是两个一起的对吧,所以凡香心里还是鼓胀着说不出的踏实喜悦。

胡同里有个永远坐在门口喝茶晒太阳的老人,大概也是这里唯一一位记得启明的人。两人走过时,老爷爷眯起老眼说:带女朋友回来了啊?启明只是象征性地点点头嗯啊一声,带领凡香继续走。凡香却有些小激动,她跳上前夸张地侧过头看启明的表情。他没表情。她便放话挑他:这次算带女朋友看故居?他笑着瞪她一眼:严谨点说,是带前女友看旧居。

凡香沮丧地找了地方坐下,启明隔着半米也坐下,半天都没话。凡香拼命找,终于找出一句:这胡同真安静。

启明说,跟我记忆里不一样,我小时候总觉得这地方又吵又闹,现在每次回来,都不知道是胡同变了,还是我记错了。

都变了吧。也许,但我还是常常想念这里。

你带 Daisy 回来过吗?没有,以后可能会。

你们进行到哪一步了?我见过她家人了。

哦。凡香喉咙一哽,后面的话卡住了。她本来想开个玩笑,说你们比我们进行得快多了,但这个笑话太令人心酸,她怕说出来声音会抖。

我们是在咱俩分手以后认识的。启明解释。

我知道。就是,比我预想的,快了一点。你知道,我还一直,始终,从来都……

嗯。我也觉得挺亏欠你的。

泪水在凡香眼里蓄起来,一眨眼就满了,再一眨眼就掉了下来,好大两滴。

启明手忙脚乱在包里摸纸巾，凡香按住他，挤出一个难看又悲伤的笑，问，你说这些老房子有没有感情，如果有的话，被主人卖掉时它会不会伤心？会不会眼巴巴盼望旧主人有朝一日再将它买回去？

其实主人也会怀念那些时光，启明说，但既然选择了离开这房子，就说明它已经不再适合他，他再怀念也只是怀念，再常回来看也不可能把它买回来。这房子终归会迎来它的新主人，他们会共享新的好时光。

搬走了就绝对不会搬回来？

不会，否则何必离开。

所以你分手后还会见我，也只是因为怀念旧居的良心？

凡香，我认真想过，我不爱你了，但我希望能用温和的方式离开，给你最小的伤害。我不想用决绝暴烈的方式分手，就像离开一栋房子，就算要走了也应该保护好它的屋檐院墙不是吗？

但我不是房子，我会悲伤，会不甘，会纠缠。

我带来的悲伤，我愿意尽最大努力为你缓解。我不怕你纠缠，因为如果你还忍不住纠缠，就说明我给你的悲伤太多，我有义务为你缓冲镇痛。

我以为是你心里还残留着那么一点点爱。

不是爱，是良心。

六

Daisy的微博上晒出了两只手，它们满怀感情地紧紧相握。之后又晒了一张大虾拼图，和凡香见过的一模一样。

他可真没创意，凡香有些鄙夷，又觉得欣慰。也许每个男人都只有那么点取悦女人的花招，也是那几句情话，那几手绝活，所以，她不算太亏。

她一度想在那张翻版大虾图下留个言,比如"好熟悉"或者"就不能换个创意吗",想了想,忍住了,人家待她不薄,还是别平白无故去添乱了。

凡香最后承认了那个道理:并不是所有的分手都像吃爆米花一样嘎嘣脆,有一些善良的男人会念及旧情,耐心地给你留出足够的缓冲期,但别以为那代表希望未泯,他们只是怀有一颗不忍摧毁旧居的良心。

后来凡香在给小表妹传授恋爱经时,真诚地告诉她,找男人呢,就该找那种就算甩你也不会把你甩太疼的男人,如此你才不必害怕有朝一日遭遇横斩立切,才不会被一个坏男人毁了三观。

表妹眨巴着呆萌的大眼睛问:"可我怎么知道他是不是这样的男人?"凡香露出一个情感专家的微笑说:"很简单,和他一起去看他住过的老房子,或者过去读书的学校。若他愿意坐下来,深情款款地忆往昔峥嵘岁月,说明此男有大大的良心。他今日怎么对待旧居,明日就可能会怎么对待你。"

会讨好女人，不一定懂得爱

文 / 一 一

我的爱情观

上个周末我和谢天分手了。那天早上我们在移动营业厅排号，谢天出去买早餐。就在他离开时，一个坐在我旁边的眼镜男故意蹭了下我的大腿。我果断判断这是一起性骚扰事件，但谢天不在，我回了他三个字："神经病！"就换了后排的座位。

谢天回来了，我立即向他痛诉我的遭遇，按我的想象，他应该冲上去愤怒地揪住猥琐男的衣领狂揍。但没有，谢天出乎意料的平静，只是笑笑，打开纸袋开始吃早餐。我以为自己没表达明白，于是按了一次重播键，谢天还是笑，说别跟有病的人一般计较。

我沉默了15秒，随后，我站起来，从谢天手中夺过早餐袋，一把揉到了猥琐男脸上。

整个移动大厅瞬间静止，然后我走出大厅的门。

谢天追上来，"你等等。"我停下来，盯着他，"我们分手吧！"

谢天回瞪我，"你发什么疯，你不是已经出气了？"我很想用一大堆类似"一个女人之所以剽悍，是因为她的男友一点也不强壮"之类的逻辑来解释我为什么要和他分手，但看着他一副不明就里的表情，我只用了一句话，就结束了和谢天长达两年零五天的恋情。

多米诺骨牌

我的朋友田花常说:"男人嘛,不适合就换,别耽误时间。"我想她是对的。

和谢天分手一星期后,她上门吃饭,那天我用电饭煲做了一只酱油鸡。看到从厨房钻出来的谢天,田花傻眼了,"你们是真分手还是闹着玩呀!"谢天看了我一眼,郑重地回答:"真的。"

他还没找到房子搬,暂时寄居在客厅。分手后,我发觉谢天顺眼很多,在交往的两年当中,我们一直强忍彼此水火不容的人生观、价值观和世界观。现在,一切是另一番模样。在过去,谢天如果在电脑前玩魔兽超过两个小时,我会在屋里走来走去尖叫着吸引他的注意力。而今,我坐在电视机前看电视剧,偶尔他和我说话,我摇头装作很忙没时间。

一个人对另一个人没有要求了,相处自然简单得多。

田花啃着酱油鸡说,你和谢天本来就不合适,一南一北,连吃个酱油都能吵架。

没错,我们连吃东西都没法彼此认同。在我家,从小我妈就教我,老抽可以和生粉还有一小勺白糖腌好瘦肉然后爆炒尖椒,生抽和姜蒜一起用来调白斩鸡和白水肉的蘸酱。当我在厨房忙得大汗淋漓并且以此教育谢天时,他不以为然地笑着说:"不就吃个酱油嘛,整么复杂干啥!"谢天是生在西北的东北人,不分生抽老抽。他补充说这纯属男女差异,女人总喜欢把事情复杂化。

我听到此,冷哼一声。他不懂,女人要什么?要的是一个志同道合,并且能在关键时刻挺身而出、海揍所有企图侵犯自己女友的男人。女人的实质是,一个渴望被男人爱得死去活来的疯子。

被吹胀的气球

田花对男人的要求比我苛刻,时常午夜12点,她那个白天在事业上叱咤风云的男人,开着好车到人声鼎沸的夜市,踏着满地油污,就为了买一份本市最负盛名的水果冰给女友。

"你干吗这么折腾他,不就是个水果冰吗?"

田花笑,你不懂。

"女人要的不见得是食物,食物往往被赋予了太多意义,比如在乎。"我身后的男人说。我回头,是田花男人的朋友梁迅,他听到了我们的对话。

梁迅是个老饕,他喜欢下厨。要让食材死得其所——他常说些莫名其妙的话。鱼鳃两侧的肉,不亚于鱼腩的口感,再蘸上蒸鱼酱油——从前我跟谢天在一起时,我们只有分不分生抽老抽的差距,但在梁迅这里,酱油的分类就更上一层楼了。我原以为自己很挑剔,和梁迅在一起之后,我觉得自己是正常人。

我们每周末相约在超市挑选食材然后回家做饭,看着梁迅为了我细心地拿刷子刷洗每一个土豆的表皮时,我的心好像一只被吹胀的气球,满满的感动。我想起谢天,这个男人此刻不知道正在哪个角落吃盒饭呢。

离乡背井的人

而那会儿,谢天正回了他的老家佳木斯。在他的家乡,正逢下酱的季节。

谢天的奶奶作为那一带远近闻名的制酱人,正在指导一些妇女如何制作一缸好酱。东北大酱在每年农历四月底制作,制作前,那些经过一个秋天以及一个冬天被阴干的酱块要先被温水洗涮,然后凿碎,兑上适量的水和大粒海盐,放进酱缸,盐水和豆粕相互融合、发酵。

谢天帮祖母洗涮那些酱块，作为回报，老人会在他走时送他一瓶自制酱油。这是一瓶绝无可能在市面上尝到的酱油，"带回去尝尝。"老人眯起眼露出自豪的微笑，"有时间带女朋友回来，看看怎么做酱，那就像两个人过日子一样。"

没忍心告诉奶奶自己已经单身的谢天，搭车离开小镇到机场，坐了七八个小时的飞机后，把那瓶酱油放在我面前。我很感动，但我只是把酱油收进橱柜里，指着正在挑虾线的梁迅，"梁迅，我男朋友。"

和我分手的两个月后，谢天终于搬离原来的住处。临走前，我们欢喜和气地吃了饭，梁迅热情地招呼他，来，尝尝这个橙汁瓜条，那个盐虾。谢天吃了很多，赞不绝口。看着交谈甚欢的两任男友，我有些百感交集。饭毕，谢天帮我收拾桌子、洗碗。谢天从不让我洗碗，不管我们谁做饭，但是梁迅不行，他坚持分工合作。

也许你该告诉他你有关节炎。谢天临走前说。

从那以后，我再没在这座城市遇到他。

缘分势必早尽

半年后,我陪刚结束恋情的田花坐在街角的咖啡屋里。上个星期,我们在这里撞见她男友和一个年轻的姑娘,正旁若无人地十指交握。

田花信奉的爱情,是女生一定要在恋情巅峰时把特权使用到极限,"反正他们迟早有厌弃你的一天。"她潇洒如故,把爱情当战场,我相信她一定会振作。只是我莫名地想起谢天,在那个我得出他不够爱我的结论的夜晚,他说,凡事太尽,缘分势必早尽。

回家的路上,暴雨忽降,梁迅打来电话,他很兴奋,"快来,我弄到一条野生水库鱼。""下雨了。""我知道。"他知道,但他丝毫没问起这么大的暴雨我在哪里,有没有伞,好不好拦出租车。一阵冷风中,我起了鸡皮疙瘩,也许对梁迅来说,我更像一个同好,而不是伴侣。

谢天不懂美食,不会为我随便发狂吃醋,但是他会在下雨时赶来接我,在家里备好姜汤和关节炎药物。谢天临走时,我没告诉他,梁迅知道我有关节炎,只是梁迅很平静,"这不会遗传给下一代,你放心。"

田花的男友、梁迅,都是对生活细节有极致追求的人,但他们根本不懂爱。那些知道怎么讨好女人的男人,往往不见得懂爱。

冒雨回到家,我打开谢天留下的酱油,小心翼翼地盛了一小勺含进口中,我从未吃过这么好味的酱油,质朴的同时拥有天鹅绒般滑顺的矛盾口感。

爱情这回事,就像一瓶酱油发酵的过程那样,盐水和豆粕要经过相互磨合,才能水乳交融。而我当时太年轻气盛,只看到分歧。此刻,我的眼睛早被暴雨落在窗玻璃的水帘蒙住。我决定在雨停后给谢天打个电话,告诉他,原来我以前真的不懂什么是爱情,什么是最好的。

没有星期五的无人岛

文／独木舟

一

事情发生在两个月前,突如其来的一场车祸,让本就是单亲家庭的然然失去了唯一的亲人,而我失去了同父异母的姐姐。

处理好了沈琪的后事,我把然然接到了我的公寓,尽我所能去照顾她,让她知道世界上还有人爱着她。可是,她的忧伤总是藏在眼睛后面很深很深的地方,我不知该怎么办。自从两年前陈卓去美国后,我一直独自生活,我没有照顾人——尤其是一个八岁小孩的经验。

就在生活乱得像一团麻的时候,报社又给我分配了一项烦人的任务——带实习生。

当1992年出生的白书伦,穿着那款限量版的三叶草外套站在我面前,恭敬地称我为"苏老师"的时候,我恨不得一口鲜血喷他一脸。我和白书伦相差五岁,可行事作风完全是两代人。

第一天我就交代他,有很多东西我们不能报道,但是记者的良知会驱使我们竭尽全力地去还原事实真相,光有勇气不够,还需要技巧……

还没说完,他就打断了我,苏老师,你放心吧,传媒行业那点潜规则,我们同学都知道。

看着他那张年轻得眉目都发光的脸,我分明感到自己有点儿惆怅。

客观来说，白书伦的家教还是非常好的。我们一块儿坐公交车出去跑新闻，遇到老人家上车，他没有一次不让座的。他出身中产家庭，从小衣食无忧，还没经过社会历练，纯得跟白开水似的。

谁没有过干干净净的天真？刚出学校那会儿，我何等意气风发，一篇揭示某食品加工厂使用化学添加剂的报道写得锋芒毕露，结果还没等到排版，就被一个电话勒令撤下来。个人的力量在社会和行业的规则之下，就像尘埃一样渺茫。

苍老，真不是一下子完成的，先是心理，然后是身体……岁月像一把钝刀，慢慢地切割着原本青春饱满的生命。

二

周五下班，打算去接然然放学。刚出报社大门，白书伦就追了出来，苏老师，晚上我请你吃饭吧。

我说，不用了，我得去接小孩。

闻言，他的眉毛就像被鱼钩钩住了一样，退后三步眯起眼睛打量我，真看不出你生过小孩！

我不想跟不相干的人提自己的私事，便埋头往前走。

好一个白书伦，竟然不识趣地跟着我边走边问，男孩还是女孩啊？咦，怎么从来没听你提起过你老公？难不成你是未婚妈妈，还是离婚了？

我拦了辆出租车，狠狠白了他一眼，你怎么这么八卦！

他毫不客气地拉开副驾驶的门坐了上去，一副无赖的嘴脸对我说，你是我师傅嘛，我关心你啊。

沈琪去世小半年了，我站在小学门口，远远看见然然走出来，在一群叽叽喳喳的孩子中间，她落寞的样子像个大人。我蹲下来问她，然然，我带了个叔叔一起吃晚饭，好不好？

白书伦哇哇大叫，叔叔？你居然让她叫我叔叔！苏遇你真是丧尽天良！

半年来，我第一次看见然然的眼睛里闪过一丝笑意。我们去吃比萨，趁然然不注意，我悄悄告诉白书伦，然然是我去世姐姐的孩子，警告他不要东问西问。

我不知道那晚然然是不是为了照顾我的面子才跟白书伦进行了那么多友好的互动，回去时，白书伦把自己的手机号码给了然然，并大言不惭地说，以后苏遇阿姨没时间的话，我们两个人玩。

白书伦果然和然然混熟了，自然地开始登堂入室。他第一次进我家，便得出一个结论：苏遇，你一定很久没有恋爱了，家里连一点异性的气息都没有。

我反唇相讥，你整天跟在我这么个老女人身后跑，也没见你给女朋友打打电话什么的，还好意思说我？

他看了我一眼，意味深长地说，呵呵，你想套我的话。

然然睡着之后，我送白书伦下楼，才发现楼道的灯坏了，刚想拿出手机照明，却感觉自己的手在黑暗中被另一只手握住。

我的呼吸停顿了。我想抽回手来，却被白书伦用更大的劲握得更紧。我听见他的声音从旁边传来，苏遇，你过得快乐吗？

我调整了一下心情，说，快乐这东西对我没有意义。

他沉默许久，我只好主动打破僵局，等你到了我这个年纪就会明白，人老了，就不会太在意自己快不快乐了。

一楼大厅里的灯亮得像白天，他放开我的手，说，苏遇，你还很年轻，不要讲自己是老女人。

我笑了笑，我现在只想努力存钱，将来找个安静的小岛，度此残生。每个人都要做好孤独终老的准备，因为太多东西都可能打败信誓旦旦的爱情。

五年前，我正是白书伦现在的年纪，认识了陈卓。他学的是软件工程，闷头闷脑的理工男，不会弹吉他、不会摄影、不会写情意绵绵的信。热爱文艺的我却认为互补的恋情最能长久，何况他长得还不错，头发短短的，衣服总是干干净净，是我理想的伴侣。

三年前，他拿到唯一一个去美国斯坦福大学的名额。是谁说的，爱一个人就不要阻挡他追求梦想。在机场送行的时候我问他，你会不会变心？

他铿锵有力地说，不会。

一年后，他提出分手。他在邮件中说，我决定留下来。

我没哭也没闹。没什么大不了，我想我只是输给了人性。

三

一个25岁的姑娘，一颗心固若金汤，如果不是心有所爱，便是历经沧桑。从那以后，我时刻提醒自己掌握好分寸，刻意躲开白书伦越来越不加掩饰的眼神。

最后一次带白书伦出去采访，对方是个身患绝症的女孩，虽形容枯槁，精神状态却还不错。她冲我甜甜一笑说，我并不是想通过你们募捐医药费，只是想你们帮我找一个人。

她想找的人，是与她相恋了五年的男朋友。她的病情确诊之后，他便人间蒸发了——之前，他们感情一直很好，也像很多情侣那样计划过攒钱买房、结婚生子。她说，我曾经觉得相爱就足够了。

爱究竟有多大的力量？对抗得了饥饿和寒冷吗？对抗得了房贷和大

城市的户口吗？对抗得了时间、空间、学历、阅历、社会阶层的差异所造成的距离吗？对抗得了伴随绝症而来的绝望吗？

它一样都对抗不了，可是，我们仍然需要爱，不是吗？

女孩说，如果找到他，你们替我问他一个问题：我并不想拖累你，你为什么要跑呢？

回去的路上我和白书伦都异常沉默。

白书伦忽然很大声地骂了一句，真是畜生。我想了想说，也许他只是软弱。

白书伦狠狠地捶了一拳路边的树，低着头说，可是男人应该有担当，尤其是在爱人最需要力量的时候。我拍拍他的肩膀说，很好，等你长大了还是要这么想哦。

他甩开我的手，头一次那么凶地吼我，苏遇，你够了，少把我当小孩！

白书伦实习期满的那天，我特意请病假没去报社，后来听同事说他买了一大堆零食分给大家，还恭恭敬敬地向每一个人告别。我的反应淡淡的，心里纵然有千般滋味，又何消与他人说。

四

不知不觉到了冬天，那个身患绝症的女孩已经去世了，直到她生命的最后一秒，她男朋友都没有出现。

那晚白书伦打电话给我说，苏遇，我在楼下。

两个月不见，他还是很阳光很帅的样子。他说，今天我满21岁了，可以正式追求你了吗？

我拿出前辈的架子说，白书伦，对你来说，我的年纪太大了。我这个年龄的人，就应该照顾小孩，每月按时领工资，攒够钱就去买个房子来加固自己的安全感。

我说，你为什么不去干点你这个年纪该干的事情呢？喜欢音乐就去玩音乐，喜欢女孩就去谈恋爱，去吧，去干点21岁该干的事情，别来找我了。

我上楼的时候听见他大声喊，苏遇，你个王八蛋，比耐力是吧，我可是摩羯座的！

我轻轻叹了口气，迷信星座，还敢说自己不是小孩。

日子不咸不淡地过去，年后我升职了，为此我带然然去了一家意大利餐厅。沈琪就是带着然然来这家餐厅跟我聚餐的路上，遭遇不测的。我们都要勇敢地面对生命的疥疮，如同那个患绝症死去的女孩。我将女孩的故事讲给然然听，我说，虽然她的生命比很多人都要短暂，但她却比很多人幸福，因为她懂得什么是爱。

然然点点头，似懂非懂的样子。然后，她问我，阿姨，那你呢？书伦哥哥好久不来了，你有没有想念过他？

我没说话。

我书桌的抽屉里，放着一张白书伦寄来的明信片，正反面都写满了字：苏遇，我听了你的话，去干点21岁该干的事，我选择了旅行。我打算先走遍斯里兰卡，然后坐船去印度，到孟买去看看全亚洲最大的贫民窟。我小时候最喜欢的书是《鲁滨孙漂流记》，他在岛上遇到了星期五，星期五就成了他的帮手、仆人，甚至是知心的朋友，可你为什么要把我从你身边推开，就因为我比你年轻吗？苏遇，等我有了足以跟你匹配的阅历，我还会来找你的，等我。

收到明信片的那天，我正在看一个关于鸟类迁徙的纪录片，就在某一时刻，成白上千只大鸟，正在世界的某处振翅出发。我闭上眼睛，仿佛就能听见它们扇动翅膀，还有风的声音。

爱在电光石火间

文 / 三 一

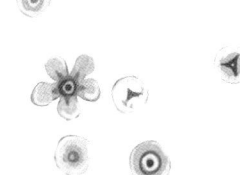

第一天

夏乔到达香格里拉的时候已近黄昏,云层很厚,空气里有风雨欲来的潮湿味道。她穿着毛衣,依旧感到了寒意。香格里拉的六月,超出想象的冷。

她在一个狭窄的巷弄里找到预订的旅舍。推开木门,前台的男生探出头来,笑着问好:"你就是夏乔吧?老板出门了,让我先接待你,我叫梁任。"那是一个小时前,他们的第一次正式照面。梁任是独立摄影师,很自由,不安定。夏乔是失恋的毕业生,对未来充满了困惑。

梁任提议,夏乔应该去买一件冲锋衣。夏乔喝着梁任递给她的热水,连续打了好几个喷嚏后,默许了他的提议。

旅舍老板迟迟不归,他们便留了个字条出去买冲锋衣。石板路的两旁有很多商店,夏乔随意挑选了一件,比画了一下大小,迅速结束了购物。

梁任打趣道:"我以为女生买东西都要花很长时间呢。"夏乔只是笑,不说话。她笑的时候嘴角左侧会有个小酒窝,很可爱,却偏偏神情淡漠,冷得像北方的冬天。买完,夏乔直接把冲锋衣穿上身。他们走着,一个转角,就瞬间从冷寂的街道来到了一个喧闹的小广场。广场上空挂满了五彩的经幡,这样的画面夏乔想象过很多次。那些写满了祝福和祈祷经

文的彩旗在风中飘摇，唯一与想象不同的是，经幡下的人们并不是肃穆的，而是在欢乐地起舞。

夏乔是被梁任猛然拉入人潮中的，他拉起她的左手，她右边的老人也自然地牵起了她的右手。老人的手掌带着老茧，粗糙却温暖，梁任的手很大，几乎把她的手完整地包裹起来。其实是非常简单的舞蹈，所有人围成一个大圈，手拉着手，顺着一个方向抖抖腿抖抖脚。如此简单的舞蹈，却让所有人跳得心花怒放，忘记了城市中的疏离。

夏乔不知道自己到底跳了多久，开始还有些生涩和尴尬，渐渐被这欢乐感染，有一瞬间几乎忘记了远方的吕离。

第二天

这天之后，闲来无事的梁任当起了夏乔的免费导游。

前往松赞林寺的山路很宽阔，四面环山，安静得能听见脚下鞋子与地面的摩擦声。梁任会偶尔细碎地说一些话，声音特别寂静温柔，很轻。他的眼睛很亮，笑的时候眼角会有很深很整齐的鱼尾纹。她可以从这双眼睛里看见她自己——短发，在笑，消瘦，但不是太糟。

当他们终于爬到山顶看见松赞林寺的时候，太阳已经当空照了。他们没有入寺，只是沿着寺庙周边的转经路慢慢走。他们没有念诵六字真言，也没有手摇转经筒，但一步一步走着，情绪竟然也缓缓沉淀下来。转经路旁边就是大片寂静的田野，在六月的太阳下闪光。转经路上人很少，极安静。他们遇见了一个老喇嘛，老喇嘛问他们有没有去过五台山。

梁任说，他去过，曾经真的有一瞬间想要皈依佛门。

夏乔大笑，她的笑里有几分落寞。她想起自己一直生活的那座城市，其实百无聊赖，但因为吕离的存在而心安理得。吕离是她曾经唯一想抵达的世界，可惜那世界终究驱逐她出境。阳光亮得让她有点想流泪。

梁任看着她的笑,莫名地有些心疼。他想问她到底有什么不开心,但终究什么也没问。

他不过才认识她两天而已。

第三天

夏乔第一次知道香格里拉,是和纳帕海相关的传说。传说有一个姑娘,为死去的情郎掉眼泪,哭成了一片海,淹没了草原,于是每年九月,这草原就会变成一片海。

那年夏乔才13岁,吕离是帅气的邻家哥哥,她喜欢追着他跑,和他说话,把糖分给他吃。17岁,吕离第一次亲吻她的唇角,她的心里荡漾成一片甜蜜的海洋。她反复想起那片纳帕海,她想,总有一天,他们会牵手旅行,去看看那片以爱为名的海。

她来了,可惜是一个人。

眼前的纳帕海就是一片草原,开满了山花。夏乔和梁任租了两匹马,给他们拉马绳的藏民指着不远处说:"那是情人谷,以前仓央嘉措写情诗的地方。"

梁任和夏乔下了马,步行过去。他们谈起仓央嘉措的情诗,最负盛名的莫过于那句"世间安得双全法,不负如来不负卿"。结果这诗意被一场突如其来的大雨打断,他们随着藏族导游和马儿一起在大雨里狂奔,去导游家里避雨。

围着火堆,他们坐下来,重新谈起了仓央嘉措。仓央嘉措被认定为转世灵童的时候,已经长到了15岁,已是懂得情爱的年纪,所以格外与众不同。

梁任想,迟到的遇见也许也可以很美好。

第四天

梁任原本是留了时间给梅里雪山的,却因为修路无法成行,他们只好留在旅馆。傍晚时,夏乔买来一打啤酒,老板娘烧了一桌子菜。好菜好酒,热气腾腾。夏乔敬梁任:"第一杯,敬我们相遇。"他举杯,他猜,她还没喝就已经做好了醉酒的准备。

夏乔的酒量不堪一击,很快就变得聒噪起来。她说青梅竹马的吕离,说爱情的伤害,说她微薄的恨意和不甘,说她的不再相信。

梁任一字一句地听着,一口一口地喝着酒,他独自喝完了所有的酒,却依旧清醒得可怕。他背着醉倒的夏乔回房间,替她盖好被子,便一个人晃荡到了大佛寺。

深夜的大佛寺空无一人,烛光闪烁,世界上最大的转经筒安静地矗立在夜色里。他在想,是不是时间从来不是真正的解药,一切取决于人心。有些事情,你若想忘,必有一日能忘,若不想忘,一辈子都会记得。

与前女友分手时,她说他口口声声追求自由,但其实一直在自欺欺人。他走不出初恋背叛的阴影,他满口关于爱的大道理,其实根本就是爱不起。

也许她是对的,他一直没有走出来过。

总要有一个新的开始,哪怕艰难地、缓慢地,重新爱上一个人。

第五天

梁任送夏乔去机场,他记下了她的电话和地址。

夏乔看着他白晃晃的牙齿,整齐又漂亮,她欲言又止。

她和吕离有着23年的缘分,他们不过是认识了5天的陌生人。

重逢的开始

夏乔望着镜子里的自己,头发在长,脸似乎也胖了一些,没了吕离离开时的半死不活。父母开始放宽了心,和她一起积极地准备出国留学的事。

那封盖着香格里拉邮戳的信辗转来到夏乔手里时,已经是10月,她已经到了伦敦。

梁任在信里写:秋天的时候,纳帕海真的会变成海。信里夹着纳帕海的照片,满目湿润的气息,还有停留在水面上的黑颈鹤——它几乎就是夏乔曾经想象的模样。

她开始持续地收到梁任的信,来自不同的城市。他拍下不同的风景,寄给她看,仿佛两个人一起旅行。在一个快节奏的时代,他用古老的方式表达爱意。

有一天,他终于在信里说,纸短情长,甚为想念。

夏乔想给他回信,想告诉他,她学会做饭了,每次做饭的时候也会想起他。她开始经常笑,但眼角没有鱼尾纹,她会常常想他。可是她不知道他在哪里。

有一天,母亲打来电话,说起对门吕离搬空了的家终于有人入住了,是个好小伙,经常来串门,帮忙修电灯、修马桶。他说是她在香格里拉认识的朋友。

夏乔买了回国的机票,两年的课程已经结束,原本计划的欧洲之行取消了。她心急火燎地明白,原来23年和5天的缘分,距离并不太远。爱可以是年月绵长的酝酿,也可以是电光石火之间的事。

梁任去接夏乔飞机的那天,看着夏乔笑颜灿烂地从机场里跑出来。他知道,他的另一种自由正要开始启程,自由地交付出他所有的爱,不畏伤害。

他们看着彼此的眼睛笑,嘴角的弧度怎么也扯不平。

一切刚刚好,两个正当年龄的人,正开始相爱。

爱情风水阵

文／李月亮

一

水仙决定今年把自己嫁掉——如果能遇到合适的男人的话。

她的房间现在是个十足的风水阵，正西摆着一只火红大公鸡，东北安置了一头健硕牛布偶，正南挂着大红中国结，正北的窗台最复杂：一杯清水，一个音乐盒，音乐盒每响一次，让水振荡，散发水气，引动桃花。

每天进了门，水仙都感觉自己被各种神力包围着，她几乎能看到物件们在暗暗发力，把冥冥中那个男人引向她的怀抱。

不过最近情况却不太妙，先是墙上的中国结莫名其妙掉了下来，没两天窗台上的清水杯又翻落在地，杯碎水亡。满地的玻璃碴把水仙的信心也扎碎了，她决定去庙里拜拜。

那天正好是浴佛节，水仙烧了姻缘香，见了老方丈，还做了个什么仪式，出来时她想：我这就算开过光了吧？

开了光以后水仙觉得又顺了，生意每天都有不少进账，一星期下来，毛收入有一万了。她拿着钱，到了银行直奔自动存取款机。她把一沓钞票放进机器，然后就等着听悦耳的数钱声。不想才刷了一声，它忽然反常地停下来了。

水仙叫来工作人员，对方抱歉地告诉她：机器吞币了，而且，临近下班，得明天才能解决。水仙又急又气，小伙子满脸歉意，一再解释：机器有时候不灵光，不过你放心，它有摄像头，钱不会错，明天一打开我就给你存上。水仙很不爽，又凶了对方一阵子，才留下卡号和电话走人。

第二天上午，银行的电话来了。还是昨天小伙子的声音，可态度变了：钱给您取出来打卡里了，一万块，但里面还有张一毛钱的纸币，就是它导致机器吞币，请您以后注意。

原来错在自己，水仙诚恳地赔了不是。小伙子却得理不饶人，说幸亏这是纸币，要是硬币，就把机器卡坏了，你得赔机器。不等她说话，小伙子接着说，您今天来一趟，把那一毛钱取走吧。水仙说一毛钱还至于跑一趟，你扔了吧。小伙子坚定地说不行，我们有规定，您必须得取走签字。

水仙勉为其难答应下来，但没去，不想第二天小伙子又打电话来催她。当时水仙正跟客户谈生意，人家听她为了一毛钱纠缠不清，即刻把她划入市井小民行列。

二

为了不引起更大损失，水仙答应晚上去取回那一毛钱。

那天她忙到很晚，赶到银行时，就小伙子一个人揣着那一毛钱在偌大的银行门口等她。他也懒得废话，一手交钱一手拿本让她签字。水仙有点过意不去，本想追加个道歉，人家不听了，说我得去赶公交车。水仙说，你住哪儿，我送你吧。

小伙子上了水仙的车，态度好了许多。狭小的空间轻而易举地拉近了两人的距离，这对刚才还公事公办甚至怀有淡淡敌意的男女，在这个暮春的夜晚，迅速进入另一种状态。

水仙知道了他叫周蜀，31岁，单身，银行普通职员，有房没车。

条件挺合适的。水仙用力抿住嘴角,不让心里的喜悦暴露出来。为了更好地掩饰心思,她打开了音乐。许茹芸的歌飘了出来:突然想爱你,在这昏暗的夜里,看着你专注的背影,触动了我的心……真贴切,水仙随着歌声指引,小角度地侧头打量周蜀:脸颊干净,鼻梁笔直,眼角眉梢有笑意,感觉蛮对的。

水仙主动提出把她做生意的周转资金存到周蜀那边,帮他完成揽储任务。周蜀由衷感谢,顺势为她推荐了很不错的理财方案。

如果你也到了三十岁,就会明白爱情不是十五岁时幻想的,你正在幽静的湖边沉思,一个白衣少年轻轻走过来拉起你的手说,跟我走。在现实里面,不必纠结于一段感情的开端,只要看清它的内核究竟是什么,若真好,就留下。爱情,不问出处。

水仙和周蜀的交往就这么从一毛钱开始了。

三个月后,在一个夏日的傍晚,还是水仙的车里,周蜀柔情的目光驱散了水仙空闺的寂寞,她依偎在他厚实的怀抱里,融化了。

那天回到家,水仙把房间里的神秘物件都一一拜过,心想开过光就是不一样。

她还是每周去一次银行找周蜀储蓄,而他们也依靠这个固定项目进行着固定的交往,很程式化。这程式形成得有点早,让他们一来就像老夫老妻。

并且关系也没什么新进展,见家长、订婚期、备嫁妆……这些才是水仙内心真正的期待。对她这样的大龄女来说,感情里最惊天地泣鬼神的高潮部分,不是相见,不是定情,不是亲吻,而是对方说出"咱们结婚吧"这句话。

但周蜀从未提及。

三

水仙继续在房间里发力。在中国结下面加放了九支红花，又把窗台的水杯换成了鱼缸，然后她把周蜀请到家里。

窗外传来震天的鞭炮声，水仙探头一看，原来是迎亲的车队，花枝招展地从楼下驶过。

哇，好漂亮，水仙叫道。周蜀闻声凑过来看。时机正好。水仙意有所指地感叹：幸福时刻呀。不料，周蜀却给出了清醒冷静的回复：麻烦从此开始。

这表态让水仙敏感的心拧成了大麻花。水仙默默去了洗手间洗漱，一边洗，眼泪一边往盆里掉。

周蜀接了个电话，匆匆忙忙进来说，有个亲戚来了，我得去车站接她。水仙仰起湿漉漉的脸，没骨气地说，我送你去吧。

车开出来快十分钟，水仙才鼓起勇气问周蜀：什么亲戚？

周蜀面色凝重，憋了半天才从牙缝里龇出俩字：表妹。

就算不够冰雪聪明，也不是久经情场，水仙也知道男人的表妹十个里面有九个半是假的，何况是这么咬牙切齿龇出来的。

本应在车站放下周蜀自行离开的，水仙坚持继续送他们去饭店。

表妹一上车，视线就没从水仙身上移开过，仅凭在后视镜里不断相互追杀的目光，两个女人便各自把心思交了底。

到了预订好的餐馆，周蜀客气了一句，说一起吃吧。水仙就留下了，她决定做一次不识趣的恶人。周蜀去点餐时，表妹的疑问如雨点般砸过来。为避免受辱，水仙只向她讲述了一毛钱的故事。

四方形的小餐桌，周蜀坐中间，水仙和表妹分布两边，好像他的大妻小妾。表妹很不见外，不断要求周蜀给他倒红酒、递纸巾、找餐勺，

还把自己啃不完的骨头放到他碗里。

尽管周蜀刻意和表妹保持着距离,水仙还是看出来了,他们之间,有悠远、深厚、不寻常的历史关系,不像跟她,说到底也就是一毛钱的事。

表妹絮絮叨叨地讲着老家的桃花开了,但她姥姥说了,今年是哑巴年,花多桃少,结不了几个桃。

怎么会花多桃少,一朵花不就结一个桃吗?水仙无知地问。

当然不!并不是每朵花都结果,大部分花都是虚花,不坐果。表妹解释得大惊小怪。

水仙掌握了一个令她忧伤的常识,她想起了家里的桃花阵。

四

饭后,表妹说要去周蜀家。水仙打算好人做到底,送她和周蜀回家。周蜀却要求水仙直接往火车站开。你回去吧,他不带感情地对表妹说。

水仙眨眨眼,仿佛在黑暗山洞里逃生无望的人忽然看到了一线微光。然后她又听见周蜀说:还没告诉你,我正在追你水仙姐姐,打算把她发展成你嫂子。

世界在那一瞬间天光大亮。水仙难以置信地看向周蜀,他用一个简单的眼神安定了她。

表妹没说话,一直到上了火车,她连再见都没说。

火车开走五分钟后,周蜀收到表妹的短信:我真的已经和那个人断了。周蜀回她:晚了。

水仙偷偷瞄着他的短信,心想,他们之间可能还真有个蜿蜒曲折的故事呢。但是管它呢,爱情不问过往,当务之急是敲定他对她的意图。

我这个挡箭牌还好用吧?她又开始上下求索。

他笑了：你只想做个挡箭牌而已？

那你说我应该做什么？

坐我的婚车呗，说吧，你想要多长的？

自行车那么长就够了。哈哈。

后来周蜀说，那天吃饭时，水仙眼巴巴地看着他啃表妹剩下的骨头，一脸可怜相，好像一条单纯善良又无助的小狗，眼睁睁看着别人抢了自己的肉骨头，那一刻他心里很不忍。然后他意识到，和一个有这样眼神的女人结婚，一定不会是件太麻烦的事。

至少不会像跟"表妹"那么麻烦——当年，他们就是在谈到结婚时，他发现自己满足不了她铺天盖地的欲望，他们吵了几架后，她就跟别人走了。后来她后悔了，但是他没有，他只是对结婚有点恐惧。

在水仙和周蜀的婚礼上，水仙当着众亲友虔诚地谢了各路神仙，她说是冥冥中的一种力量让他们相遇相爱。周蜀却说，这其实是天时地利人和的全部巧合，而碰巧有一毛钱和一块排骨做了引燃一切的导火线。

了不起和钱没有关系

文 /ZOE

母爱泛滥的袋鼠

看过的小说里有个姑娘,她和她的画家男友在北京,他们的第一张床是用540本新华字典搭出来的。她躺在这张学识渊博的床上,一点儿也不担心明天晚餐的着落,真是个没心没肺的丫头。

我把这个故事念给江程听。我说:"他们和我们一样。"在北京的第二年,我们从地下室搬到了阁楼,床是最值钱的家当。

我的梦想是当一个又红又大牌的作家,江程的梦想则是要当比日本那个色老头米原康正还要红的摄影师,拍遍全天下的美女。

毕业后,我们就这样过了两年。好像曾经白衣飘飘的70年代,世界很美好,我们清高、自恋、躲避现实,忠于理想。

第三年的时候,我说:"江程,咱俩得牺牲一个。你得去赚钱,去开公司,赚好多钱来给我花,这样才了不起。"

可是他对我说:"很多了不起和钱一点关系都没有。"江程转过亮晶晶的眼睛望着我。我歪着头想了想,觉得有那么点道理。

那是2007年,那个时候我瘦成一把骨头,剪男孩子一般的短头发,总穿白T恤和牛仔背带裤,平胸,胸口的兜兜里总装着自来水笔和便笺纸,像一只母爱泛滥的袋鼠。

我们在北京蜗居了两年，几乎哪儿也不去，常常还会在美丽的首都迷路。我觉得我们就像《海上钢琴师》里的1900一样，一辈子都在那艘大船上。我们对这个世界也有欲望，但不会虚妄到超出船头和船尾。

《海上钢琴师》是我最爱的电影，江程是我最爱的男人，那时我拥有着他们，每天醒来，都有一个时刻觉得诸事完美。

天真和残酷并存

手机屏幕上亮起一串熟悉的号码，我接起来，声音明快。他在那头问："在吃东西吗？"

江程到底还是了解我，知道我发出这样的声音时，一定正在吃东西或者即将去吃东西。我半张脸埋在餐盘里大快朵颐，应了他一声，问："有何贵干？"

"给你寄了快递，明天应该能到。是一瓶酒，一瓶性格很像你的酒。"

我噎了一下，反问他："我是什么样的性格？"

"是天真和残酷并存。"

这是我们分开后的第五年，联系越来越少，一年也就几个零落的电话，但从未失去过音讯。他去每一个地方，有值得的、好的东西都会买下来快递给我，他说这是他以前欠我的。

5年后的江程变成了商人，是见过大世面的人物。

我们的那艘船应该已经彻底沉没。2007年4月13日，我们同时下了那艘船。分手那天，江程还在反复那一句话："有很多了不起和钱一点关系都没有。"我呸了他一声，我实在受够了这种断水断电断粮、躲房东像老鼠躲猫一样的生活。我歇斯底里："江程，我告诉你，我就是虚荣，我想实现梦想，想住上大房子，想过上好日子，我想这些都快要想疯了。"

"可是你说你爱我。"

"对,可是我现在不想爱了。"

我们摔破了仅有的几只碗、几个杯子,从此分道扬镳。

我收到了那瓶酒,在一个风和日丽的春日午后打开它,口感甜蜜又锋利。酒本该是粮食或水果的腐坏品啊,怎么能如此美味呢?为什么我们腐坏的爱情没有这个好运呢?

我喝着江程送的酒,重温《海上钢琴师》,那里面有个家伙说:"我一直希望你下船,在陆地演奏,娶妻生子。这些在生命中虽非完美,却值得一试。你向我介绍你孩子的妈,邀请我共进丰盛的晚餐。我会带甜点和一瓶酒,你会说,太客气了,你带我参观盖得像船的家,你老婆在煮火鸡,我会称赞她的厨艺……"

我流下了好多眼泪,又委屈又愧疚。

见不得他混得比我好

离开江程以后我去了上海,有过一段惨淡的日子,之后渐渐混得有点起色。最近我接了一个好差事,帮一家老牌公司写微电影剧本,关在酒店房间里一个星期,写完才能够放出来。

上海正好进入连绵的雨季,我在这间大而空旷的房间里,拉上厚重的窗帘,像一只进入冬眠期的狗熊,不知朝夕。

我感觉到快乐,可我也感觉到落寞。窗外是外滩,雨像缤纷落英纷纷扬扬地掉进去,我披了件外套,出门买啤酒。

与旧情人相逢的场面应该是这样的啊,在一间灯光柔和的餐厅,各自衣着体面,挽着登对的伴,打个照面,各自说一句沉在心底的"好久不见"。

而绝非是现在这样,一个穿着邋遢的运动服,一个穿巴宝莉经典款风衣，一个拎着啤酒花生豆腐干，一个拉一只银灰色的行李箱。我不甘心地闭上了眼睛。我就是小心眼，见不得他混得比我好。

他本来是来谈生意的，结果变成了和我在房间里喝酒。他开了我的燕京，花生一颗颗丢进嘴里。在占了所有便宜以后，他还瞟了我一眼，骂骂咧咧："连夜飞了两千公里过来，不去赚钱而是在你这里喝酒，心里真是愧疚。"我真想打开窗户一脚把他踹进黄浦江喂鱼。

可是他又说，这个世界上能让他赚钱的人有很多，可是能令他觉得畅快得像出了口恶气的人很少，我算是一个。

后来我们各自盘腿坐在地上靠着床，收起了玩笑的姿态，终于肯说一些推心置腹的话。江程说："过去我可能真的错了。我不可能一直过着苦日子，还想着和我的女人去做一些铭心刻骨的事情。"

我却笑着说："我现在觉得，好多了不起和钱真的没有什么关系。"

天一点点亮起来了，我打开房门送客，他在门口踟蹰了一会儿不肯走。走廊的感应灯亮了一会儿又熄灭，我醉眼迷蒙望着他笑，他说："自己要好好的。"

突然我变得很软弱，好想和他拥抱一下，可是我恶声恶气地说："快走吧。"他无奈地看着我，"可是你拽住了我袖子啊。"

我像触电一样，倏地松手。他走近一步，撩起我的长发，在后颈温柔地印上一个冰冷的吻。

他说："有时候还梦见你短头发的样子。遇到事不要怕，有事就来找我。"

年年岁岁有今朝

班长和团支书终于结束爱情长跑要结婚了，久别重逢的老同学们慨叹，7年全缩在一杯酒里，闻得到时间的香味，也看到了青春只剩下兔子一般的尾巴。

江程来得有些晚，席开了大半才风尘仆仆地赶来。自罚三大杯，一点不扭捏，好痛快。宴会厅的灯光明亮耀眼，我隔着人群细细凝视他，突然发现他和我记忆中的江程有些不一样了，世故了些，柔和了些，也老了些。大概这几年他总是在笑，眼角好多细细的皱纹。我看着，蓦地有些难过。

席散的时候已经夜深了，秋意萧索，又喝了些酒，心里真是伤感得不得了。在门口和大伙一一拥抱告别，真不知道这些人下次再见又会是什么模样呢。

我准备过马路喊出租车，江程在身后喊住我："你等等。"

"不用送我了，你喝酒了，开不了车。"

他走上几步，拉着我的手，固执地把我拉到车前。不过是打开了后备厢，里面一大束黄玫瑰，他说："后天就是你生日，我怕这个生日又错过。"

我有些感动，"你从没有错过我的生日，每年都会打电话过来，不管多晚都会的。即使有一次你应酬到两点，在洗手间一边吐一边给我打电话祝我生日快乐，祝我年年岁岁有今朝。"

江程扬起眉毛，笑了笑。

我摘下花间的卡片，纯白一片，没有只言片语。

"写了好几张，都不能表达心里想说的话。只好什么都不说。"他看穿我的心思，又说了一句"生日快乐"。

站在我眼前的这个男人，他的肩膀更宽阔了一些，他被岁月浸润得温和而迷人，只是鬓间的星点白发也令人伤感而怅惘。我忍不住向前一步，摸了摸他的衣领，又摸了摸他的脸，傻傻地笑。

他说："重新开始吧。"

艾米娜的蛋糕情缘

文/云 端

一

艾米娜接到同学会的邀请时，其实是很高兴的。这两年她一直在剧院做演员，昔日戏剧学院的同学真正能以此为业的少之又少，所以她原本是带着点小小的虚荣心去的。

但当她准时到达预订餐厅时，心情却跌到了谷底。她的女同学们不是开着雅阁，就是坐着宝马，只有她一路骑着电瓶车，还总在担心半路上会没电，后悔已来不及了。此后长达三个小时的同学会，让她恨不得当场自杀。

在这个无比哀伤的下午，艾米娜经历了一场思想洗涤，她得出结论，对于戏剧学院毕业的女孩，占着好脸蛋好身材的天然资源，如果没什么大野心又成天幻想着成为公主名媛，唯一的出路就是嫁个高富帅。所以她的女同学们孔雀开屏似的牛气冲天，在她看来虽然像镶金牙一般可笑，但仍然刺痛了她的心。

这个时候，艾米娜的妈妈偏偏哪壶不开提哪壶，"女儿啊，今天我碰见程方唯了。"他们的邻居程方唯是个做蛋糕的，艾妈妈成天在艾米娜面前夸他老实可靠。

艾米娜知道老妈的心思，但她就是讨厌他。说起来，这个叫程方唯的男人作为"邻居家的孩子",伴随着艾米娜一起长大。就因为如此,"程方唯"三个字像噩梦一般充斥着她的少女时代。"女儿啊,你的字写得像泥鳅在爬,你看隔壁家的程方唯……""女儿啊,你能不能不要一到考试就烧香拜佛,你看隔壁家的程方唯……"总之,程方唯就是艾米娜的禁区,尤其在她刚刚参加同学会归来自惭形秽的时刻。

艾米娜气急败坏地问老妈,程方唯除了性格温暾究竟哪里好?他家有城堡吗?吃饭用的是银器吗?有资格陪英国女王散步吗?帅得过基努·里维斯吗?

艾妈妈惶恐地睁大眼睛,"你这段数也忒高了……"

二

艾米娜当然没有把自己塞进豪门的雄心壮志,同学会只是让她幡然醒悟,找一个可以在事业上提携自己的男友,不失为人生捷径。

这天,艾米娜去一家五星级餐厅看法国葡萄酒展销活动,她很应景地租了一套浪凡的小套装,吊牌被很好地隐藏。剧院正在挑选女主角,她需要在这里令投资人Abbott对她印象深刻。

艾米娜握着酒杯正准备朝Abbott的19号座位走去,背后突然一双大手将她拽住,"艾米娜!太巧了!居然在这里遇见你!"

尽管是这家高级餐厅的蛋糕师傅,程方唯显然一点也不具备重要场合的社交礼仪。艾米娜盯着面前戴着厨师尖尖帽、眯着眼睛对她憨笑的男人,绝望地指了指溅在白色外套上的两滴红酒。

程方唯不知道自己刚刚扼杀了一场灰姑娘与白马王子相见恨晚的好戏,可怜兮兮地向她道歉:"我、我、我帮你洗干净……"

艾米娜不明白为什么故事里的青梅竹马都爱得死去活来,她却将她的"竹马"视为病毒。她坐在程方唯操作间的板凳上,等他用硼砂溶液点掉斑渍，终于清醒地认识到，原因就是程方唯带衰啊。

要说艾米娜对这个男人从来没期待，也是不可能的，但程方唯除了上学时成绩特别优异以外，真的别无所长。唯一一件让人觉得冒进的事，是当年毕业后曾申请去索马里做了一年国际志愿者。

艾米娜还记得程方唯走的那年是2009年，那年索马里在挑选王妃，收音机里说三名候选王妃需要做一块蛋糕献给索马里国王。

那天艾米娜正听得昏昏欲睡，老妈进来把她摇醒，告诉她程方唯要走了，让她去送送。艾米娜用被子捂住头就是不肯动，等艾妈妈买菜出门又鬼使神差地一下子跳起来，拦了一辆出租车往机场赶，结果自然是没赶上。当飞机从头顶轰然而过，艾米娜突然有些要命的伤心。

三

艾米娜原本准备衣服干净了再想办法结识Abbott，这时有服务生进来告诉他们19号座位客人要一块索马里蛋糕。艾米娜眼睛一亮，立马套上了程方唯的工作装。

等艾米娜美滋滋地回来时，程方唯拿起她的外套邀功："你瞧多干净，我还帮你剪了衣服吊牌呢！"艾米娜差点没背过气去，上苍垂怜，她得命多硬才镇得住这股衰气啊。

艾米娜和程方唯几乎同时到家，其实是一个在前面冲，一个在后面追，然后一个开左边的门，一个开右边的门。程方唯不停地安慰她："别生气了，我买一件赔他们不行吗。"艾米娜白他一眼，"你有多少钱去赔？"

"砰"的一声关上门，艾妈妈见怪不怪，开腔主持公道："你别总是欺负人家程方唯！"

艾米娜气呼呼地回到自己房间，想了想今天虽然损失惨重，但也并不是毫无收获，起码她为Abbott递上蛋糕盘，露出练习过无数次的迷人微笑时，对方眼中的惊艳显而易见。演员出身的艾米娜充当餐厅人员太过醒目，她要的就是这种反差。当Abbott翻看舞台剧演员照片时肯定会想起点什么，任何一个聪明的男人都能体会到其中意味。

事情比艾米娜想得更顺利。第二天，Abbott就从剧院要到了她的联系方式，打电话感谢她亲自为自己服务，并邀她共进晚餐。

挂上电话，艾米娜立刻敲开了隔壁家的门，"程方唯，教我做蛋糕吧！"

程方唯有些惊讶，但仍然高兴地点了头。不得不说，艾米娜一直很喜欢程方唯的笑容，那种孩子气的笑意每次都是从眼睛开始，慢慢渗透到嘴角，可此刻程方唯弯弯的眉眼让艾米娜升起了一股罪恶感。

艾米娜坐在一旁看程方唯做示范，她第一次发现，他的手指纤长漂亮，白雪般的低筋面粉听话地在他掌心中温柔发酵。

很突然地，她问程方唯，为什么喜欢做蛋糕呢？因为简单啊，男人笑眯眯地回答。

这几乎不算一个答案，但很符合程方唯的思维方式。这个男人从来不会将事情复杂化，艾米娜说什么他就信什么，甚至没兴趣问艾米娜究竟是要为谁做蛋糕。所以啊，艾米娜讨厌程方唯，她既希望他离自己远远的，有时又恨不得挖出他的心来看一看。

艾米娜连续做了几个蛋糕程方唯都不满意，不是说布丁太多，就是嫌奶味太浓，就连可可溶液高了1℃都能唠叨半天。

艾米娜很生气，"不是说很简单吗？"程方唯也很苦恼，"真的很简单啊，是你太……"艾米娜威胁地瞟了他一眼。

楼下响起了急促的汽车喇叭声，艾米娜推开窗户，Abbott正仰头看过来。艾米娜下意识地回头望了望程方唯，对方正将一块蛋糕放进精致的盒子。他说："我帮你包装一下，不然怎么送得出手呢？"

艾米娜有一种被噎住的感觉,她突然想起这个男人从来没有说过喜欢自己,她根本没必要为和谁发展感情而愧疚。心中的火骤然突突冒上来,艾米娜一把夺过蛋糕盒,冲他大声吼:"程方唯,你就是个笨蛋!"

四

这顿晚餐,艾米娜和 Abbott 相处得特别融洽,简直和谐到了极点。

就在快结束时,餐厅突然冒起一股浓烟,几名员工跑进来让人们尽快撤离。一瞬间人群就乱了,惊叫声四起。艾米娜和 Abbott 几乎同时离对方而去,各自奔向蜂拥的出口。

这样的事情很奇怪,既滑稽又耻辱,Abbott 在前一刻还对她说,我希望每天和你共进晚餐,她也刚刚表示过会努力为他学做蛋糕。转眼间真相毕现,他们成了一对各自逃命的陌生人。

当艾米娜安全跑到楼下,她看见 Abbott 站在车旁踌躇,他显然也看见了她,他们都在考虑如何再度自然地搭上话。但当他朝她走过来时,艾米娜却转过了身。

她想起那一年收音机里报道的索马里大选,候选王妃个个美丽聪慧,她们都被要求做出一块真正的索马里蛋糕。程方唯曾说,索马里蛋糕是在索马里物质拮据的战时状态下诞生的,是世界上最简单的蛋糕,阿拉伯人认为,爱慕虚荣的女人是做不好索马里蛋糕的,她们总在寻找最好的材料,克服不了炫耀欲,对付不了时刻想出风头的小聪明。

艾米娜则觉得,爱慕虚荣这件事既不善良,也不邪恶,充其量就是人性的弱点。如果她放弃 Abbott,并不是因为做一个虚荣的女人有多可耻,而是发现,爱情这东西比索马里蛋糕更巧妙。关于爱的诚挚与尊严,会贯穿女人成长的经纬,成为触发她一生真实经验的重要线索。

这天晚上,艾米娜一边吃蛋糕一边等着程方唯来接她。

她不怕他不来,因为她告诉他,餐厅起火了,这可能是她这辈子给他打的最后一通电话。你看,她又开始耍小心眼,但这次是对着她喜欢的男人,听说每个女人至少会错过三个深爱她的人,就因为对方太矮,太胖,或者太穷,但却不知道他们的平庸其实是平和,他们的卑微其实也有力。

当程方唯风尘仆仆地赶过来时,艾米娜几乎以为他会吃了她。隔着一段距离,她都能感觉到他身体里飞速运转的血液,浑身嘶嘶作响的静电。

这是情人节的夜晚,漆黑的天际有烟花绽开,刹那间万紫千红……那烟火声太远,艾米娜的心跳声却太大,"喂,你喜欢我,对吗?"

她在等待一场期待已久的告白。可程方唯没回答,他只是长长地呼出一口气,然后走过来,抱紧了她。

我希望有个如你一般的人

文/张嘉佳

管春是我认识的最伟大的路痴。

他开一个小小的酒吧，但房子是在南京房价很低的时候买的，没有租金，所以经营起来压力不大。

他和女朋友毛毛两人经常吵架，有次劝架兼蹭饭，我跟他俩在一家餐厅吃饭。两人怒目相对，我埋头苦吃，管春一摔筷子，气冲冲去上厕所，半小时都没动静。毛毛打电话，可他手机就搁在饭桌上，去厕所找也不见人。

毛毛咬牙切齿，认为他逃跑了。结果他满头大汗从餐厅大门奔进来，大家惊呆了。他小声说，上完厕所想了会吵架用词，想好以后一股劲往回跑，不知道怎么穿越走廊就到了新华书店，人家指路他又走到了正洪街广场。最后想了招狠的，索性打车。司机一路开又没听说过这家饭馆，描绘半天已经开到了鼓楼，只好再换辆车，才找回来的。

毛毛气得笑了。

他们经常吵架的原因是，酒吧生意不好，毛毛觉得不如索性转手，买个房子准备结婚。管春认为酒吧生意再不好，可属于自己的心血，不乐意卖。

吵着吵着，两人在2003年分手。毛毛找了个家具商，常州人。

而管春依旧守着那家小小的酒吧。

管春说，这泼妇，亏我还跟她聊过结婚的事情。这泼妇，留了堆破烂走了。这泼妇，走了反而干净。这泼妇，走的时候掉了几颗眼泪还算有良心。

管春沉默了一会儿说，这泼妇。说完就哭了，说，老子真想这泼妇啊。

我那年刚毕业，每天都在他那里喝到支离破碎。有一天深夜，我喝高了，他没沾一滴酒，搀扶着我进他的二手派力奥，说到他家陪我喝。早上醒来，车子停在国道边的草丛，迎面是块石碑，

写着安徽界。

我大惊失色，酒意全无，劈头问他什么情况。管春揉揉眼睛说，上错高架口了。我说，那你下来呀。他羞涩地说，我下来了，又下错高架口了。

我刹那觉得脑海一片空白。

管春说，我怎么总找不到路？

我努力平静，说，没关系。

管春说，我想通了，我自己找不到路，但是毛毛找到了。她告诉我，以前是爱我的，可爱情会改变。我一直愤怒，这不就是变心吗，怎么还理直气壮的？现在我想通了，变心这种事情，我跟她都不能控制。

我说，你没发现迹象？有迹象的时候，就得缝缝补补的。

管春摇摇头，突然暴跳：缝什么！都过去了，我们还聊这个干吗？

我心想这不是你开的头嘛！发了会儿呆，我问，你身上多少钱？他回答四千。我数数自己有三千多，兴致勃勃地说，我有条妙计，要不咱们就一路开下去吧，碰到路口就扔硬币，正面往左，反面往右，没心情扔就继续直走。

一天天地，毫无目标。磕磕碰碰大呼小叫，忽然寂静，忽然喧嚣，忽而在小镇啃烧鸡，忽而在城里泡酒吧，艰难地穿越江西，拐回浙江，斜斜插进福建。路经风光无限的油菜田，倚山而建的村庄，两边都是水泊的窄窄田道，没有一盏路灯，月光打碎树影的土路，很多次碰见此路不通的木牌。

快到龙岩，车子抛锚，引擎盖里隐约冒黑烟，搞得我俩不敢点火。管春叹口气，说，正好没钱了，这车也该寿终正寝，找个汽修厂能卖多少是多少，然后我们买火车票回南京。

最后卖了一千多块。拖走前，管春打开后备厢，呆呆地说，你看。我一看，是毛毛留下的一切物件，相册、明信片、茶杯、毛毯，甚至还有牙刷。

"砰"的一声,管春重重盖上后备厢,说:"拖走吧,爷从此不想看到她。就算相见,如无意外,也是一耳光。"

管春丢给我一张明信片,说,我和毛毛认识的时候,她在上海读大学。毛毛很喜欢你写的一段话,抄在明信片上寄给我,说这是她对我的要求。破要求,还给你。

我随手塞进背包。

拖车拖着一辆废弃的派力奥,和满载的记忆走了。

管春在烟尘飞舞的国道边,发呆了许久。

我在想,他是不是故意载着一车回忆,开到能抵达的最远的地方,然后将它们全部放弃?

回南京,管春拼命打理,酒吧生意开始红火,不用周末,每天也都是客满。攒一年钱重买了辆帕萨特,酒吧生意已经非常稳定,就由他妹妹打理,自己没事带着狐朋狗友兜风。

夏夜山顶,一起玩儿的朋友说,毛毛完蛋了。我瞄瞄管春,他面无表情,就壮胆问详情。朋友说,毛毛的老公在河南买地做项目,碰到骗子,没有土地证,千万投资估计打水漂,到处托人摆平这事。

过段时间,我零星地了解到,毛毛的老公破产了,银行开始拍卖房子。

管春冷笑,活该。

有天我们经过那家公寓楼,管春一脚急刹车,指着前头一辆缓缓靠边的切诺基说:瞧,泼妇老公的车子,大概要被法院牵走了。

切诺基停好,毛毛下车,很慢很慢地走开,我似乎能听见她抽泣的声音。

管春扭头说:安全带。

我下意识扣好,管春嘿嘿一笑,怒吼一声,接着一脚油门,往切诺基撞了上去。

人没事,气囊弹到脸上。行人纷纷围上,我能看到几十米开外毛毛吓白的脸,和一米内管春狰狞的脸。

图一时痛快,管春只好卖酒吧。整一百万,七十五万赔给毛毛。他带着剩下的二十多万,和几个搞音乐的朋友去各个城市开小型演唱会,据说都是当地文艺范儿的酒吧,开一场赔五千。我也离开南京,在北京上海各地晃悠。他的手机永远打不通,上QQ时,看见这货偶尔在,只是简单聊几句。

我心里一直有疑问,终于憋不住问他,你撞车就图个爽吗?

管春发个装酷的表情,然后说,她那车我知道,估计只能卖三十多万。

我说,你赔她七十五万,是不是让她能留点钱自己过日子?

管春没立即回复,又发个装酷的表情,半天后说,可能吧,反正老子撞得很爽。

说完他就下线了,留个灰色的头像。

我突发奇想,从破烂的背包里翻出那张明信片,上面写着:

我希望有个如你一般的人。如这山间清晨一般明亮清爽的人,如奔赴古城道路上阳光一般的人,温暖而不炙热,覆盖我所有肌肤。由起点到夜晚,由山野到书房,一切问题的答案都很简单。我希望有个如你一般的人,贯彻未来,数遍生命的公路牌。

我看着窗外的北京,下雪了。

混不下去,我两年后回南京。没一个月,大概钱花光光,管春也回来了,暂时住我租的破屋子,两人看几天电视剧,突发奇想去那家酒吧看看。

走进酒吧,基本没客人,就一个姑娘在吧台里熟练地擦酒杯。

管春猛地停下脚步。我仔细看看,原来那个姑娘是毛毛。

毛毛抬头,微笑着说,怎么有空来?

管春转身就走,被我拉住。

毛毛说:你撞我车的时候,其实我和他已经分手了。分手后,他给我一辆开了几年的切诺基,我用你赔给我的钱,又跟爸妈借了点儿,重新把这家酒吧买回来了。

毛毛说:买回来也一年啦,就是没客人。

管春嘴巴一直无声地开开合合,从他嘴形看,我能认出是三个字在重复:这泼妇……

毛毛放下杯子,眼泪掉下来,说,我不会做生意,你可不可以娶我?

管春背对毛毛,身体僵硬,我害怕他冲过去打毛毛耳光,紧紧抓住他。

管春点了点头。

这是我见过最隆重的点头,一公分一公分下去,一公分一公分起来,再一公分一公分下去,缓慢而坚定。

管春转过身,满脸是泪,说:毛毛,你是不是过得很辛苦?我可不可以娶你?

我知道旁人会无法理解。其实一段爱情,是

不需要别人理解的。真情的说痴情的真矫情，感性的说理性的没人性，坚强的说勉强的不自强。你不知道他的道理，可人人都有自己的爱情。

有些人藏在心口，有些人脱口而出。也许有人曾静静地看着你：可不可以等等我，等我幡然醒悟，等我明辨是非，等我说服自己，等我爬出悬崖，等我缝好胸腔来看你。

可是全世界没有人在等。一等，雨水将落满单行道，找不到正确的路标。一等，生命将写满错别字，看不见华美的封面。

全世界都不知道谁在等谁。

而管春在等毛毛。

我希望有个如你一般的人，这世界有人的爱情如山间清爽的风，有人的爱情如古城温暖的阳光，但没关系，最后是你就好。

由起点到夜晚，由山野到书房，一切问题的答案都很简单，所以管春点点头。

那，总会有人对你点点头，贯彻未来，数遍生命的公路牌。

毒　药

文 / 坏蓝眼睛

一

和齐瓯认识七年了。彤阿很佩服自己，七年如一日，总是鬼使神差地牵挂着齐瓯。她更佩服齐瓯，七年如一日，明明知道彤阿的心思，却佯装不知，心安理得地消耗着这份爱意。彤阿想，齐瓯之于自己，是真正的毒药——因为懂得，所以折磨，你若反抗，他必做无辜状，这是名副其实的毒药。

七年前，彤阿刚刚大学毕业，对世界充满了热烈的向往。在一个诗歌沙龙上，彤阿认识了王青，他正慷慨激昂地念诗。活动要结束时，齐瓯来了，他貌不惊人，进来找了个角落坐下。他没有引起彤阿的注意，倒是王青的介绍让她笑喷了：这是齐瓯，我的耶鲁校友，人中龙凤。彤阿的笑也让齐瓯记住了她。

那天走的时候，大家互相留了联系方式。回家后，彤阿加了齐瓯的MSN，有一搭没一搭地聊。大概知道了齐瓯是南方人，北大毕业，现在在耶鲁读研，学数学，难怪王青说他是"人中龙凤"。

齐瓯的性格就像他的人一样，润物细无声。如果没有这些世俗的标签，谁也不会多注意他。彤阿承认当时也是因为标签，才注意到齐瓯。

二

假期过得很快，齐瓯回美国继续学习。彤阿患了牙疼病，日日在痛苦中挣扎。深夜的 MSN，因为牙疼而失眠的彤阿和时差相反的齐瓯有了很多的交谈机会。齐瓯的节奏很慢，通常是彤阿说了一堆，他回一两句，却没有结束谈话的意思。每次都是齐瓯掌握着主动权，他说要忙了，就算她说得兴趣正浓，也只能戛然而止。他不说结束，她哪怕困得不行，也坚持聊。这是一种极其不平等的关系，从开始就是。

因为相隔遥远，彤阿总是在印象的基础上虚构齐瓯，其实彤阿对他所有的印象只集中在"人中龙凤"四个字上。总盼望和优秀的人邂逅，邂逅的目的不就是谈一场轰轰烈烈的恋爱吗？她正值韶光，他也年少，大家又都是单身，不谈恋爱，简直浪费光阴。

彤阿开始在 MSN 签名上偷偷抒情：青青子衿，悠悠我心……因为彤阿挂上诗经，齐瓯跟彤阿讨论起古诗，古汉语是彤阿的专业，齐瓯跨界却显得很专业。他谦逊、平和，彤阿已经在自我判断中开始为齐瓯竖立了一座理想的丰碑。就这样，拉开了爱的序幕。

因为爱得过于奔放，很快齐瓯就知道了彤阿的心思。傻子也会知道吧，日日夜夜，他只要在，她一定在，他不在，她也不在。他想说话她随时奉陪，他想沉默她从不打扰，她为他存在，还有比这个更明显的暗示吗？

为了跟他保持时间上的同步，她整夜整夜地耗在网上。一段时间下来，精神和精力严重透支，彤阿感觉快支持不住了，齐瓯却突然说要回国了。说是因为签证问题，要回国几天，彤阿得到这个消息，瞬间满血复活，又埋怨自己这段时间没有注意仪表，也没有减肥，哪有自信迎接他？

风风火火，先去看牙医，又打算美容，还想跑去减肥中心报到，彤阿感觉自己疯了。看完牙医回到家，麻药散尽，开始感觉到钻心的疼。

她撑着上网，想跟齐瓯打招呼，如果她一晚上都不出现，他一定会担心吧——彤阿这样想。可惜，这一天齐瓯都没在，彤阿一边牙疼一边安慰自己要坚持，坚持到竟然睡在电脑旁边。天色微亮，她被疼痛惊醒，第一件事就是查看MSN是否有留言，还是没有。

彤阿拖着疲惫不堪的身体和精神来到床边，和衣躺下去，就这样毫无防备地哭起来。她犯了什么错？为什么要喜欢齐瓯？为什么他如此冷淡，若无其事？

之后的日子，牙齿不再疼痛，彤阿甚至怀疑当时的疼痛是幻觉，顺便也否定掉了这疼痛中包含的可能被齐瓯伤害的尊严。

那天，遇到了王青。王青说，最近忙，彤阿问，忙什么？王青说，齐瓯前几天从美国回来，今天刚走。她蒙了，对于齐瓯来说她算什么，为什么他回国不见她。既然不打算见她，为什么要通知她？

彤阿一夜没有开电脑，凌晨她被生物钟搅醒，爬起来打开电脑，对着MSN暗黑的小绿人盯了一分钟，点了"删除"。没能力决定开始，至少可以决定结束。再也不必牵挂着他是否在线，再也不用盯着小绿人整夜整夜露出乞讨般的渴望。

后来，彤阿病了，重感冒，不知是否跟牙齿有关系。总之，牙疼、失恋、烦躁搅和在一起，入侵了身体，就这样倒下了。

三

三个月了，齐瓯像消失了一样。日子在浑浑噩噩中继续，彤阿相了几次亲，每次都失败而归，她的心不在这里。

有天晚上回家，彤阿刚把电脑打开，就看到一个小绿人在闪烁，心里一惊，点开果然是齐瓯！彤阿的心怦怦直跳，他说：牙还疼吗？他没有提三个月的消失，也没问彼此的消息，只有这样轻描淡写的几个字。

三个月的铜墙铁壁顿时瓦解，他竟然关心着她……彤阿坐在这四个字面前哭起来，如此委屈，如此难过。

她跌跌撞撞地回了好多话。他们顺其自然地聊了起来，他始终没问，她也没提，三个月的空白被他们刻意地忽略掉。齐瓯还是老样子，偶尔回一句，但这对失而复得的彤阿来说，都没关系。

重逢之后，齐瓯还是齐瓯，他仍旧是他们关系的主导者。彤阿却因为太多的话不能对他讲，憋在心里要爆炸，开始暗暗地给齐瓯写书信体小说，她需要有一个出口。

彤阿一边看着自己沦陷一边拯救自己，她试着谈恋爱，但总是心不在焉。

纠结了大半年，他们终于见面了。这一次也是齐瓯主动说假期要回国，说这次可以多待几日。彤阿脱口而出：有空见我吗？当然——他说。总算扬眉吐气一番，他说当然。

这天，彤阿把衣橱里的衣服都拿出来，站在镜子面前，前后左右地试。和齐瓯认识已经两年，这是第二次见面，一定要隆重而特别，她要征服他，必须的。

他们约在一个酒吧见面，不止他，还有其他朋友。盛装出场的彤阿赢得大家的称赞，不过齐瓯似乎很淡然，没跟她多聊。后来齐瓯接了一个电话，说是要暂时离开，没跟彤阿交代就走了。齐瓯走了之后，其他人对彤阿来说宛如一具具僵尸，她也走了。

回家后，一床的衣服似乎在嘲笑她。她无比失落却又安慰自己，也许他太忙，少安毋躁，第二天再说吧。第二天，一起床她就翻看手机，除了天气预报，什么都没有。一直到晚上，齐瓯都没有给她发消息。彤阿终于按捺不住，给齐瓯发了信息，问他在哪里。

过了好久，齐瓯的信息回过来：去其他城市，看个朋友。彤阿呆了，什么？去别的城市看朋友了？太过分了！彤阿真想立刻和齐瓯断绝关系，她已经无法忍受这样被摆布了。

这天凌晨，她看到齐瓯竟然在线，问：你在干吗？齐瓯回：收邮件。彤阿轻笑了一声，突然爆发了。彤阿再也忍不下去他对她的冷淡，对她的疏离。她说：你只是一个喜欢操纵别人的混蛋。我对你确实有过感情，但是现在没有了。我们结束！发作完之后，彤阿迅速把没有来得及回话的齐瓯拉入黑名单，上次是删除，眼不见心不烦，这次是拉入黑名单，永远不要再联系。

不知道是否因为自己发泄了一通，这次倒是不太难过，像是报了仇的人，虽然还有仇恨，毕竟平衡了好多。

四

问一直对自己很痴心的男人，愿意结婚吗？对面的男人开心无比，求之不得。

当下，彤阿便决定结婚，感情除了让人伤心，别无用处，还是找个爱自己的男人，安安稳稳过日子好。彤阿士气十足地闯进婚姻，辞职，在家写东西。

和齐瓯彻底断了消息，一年后，偶尔想起他，都觉得不可思议，她到底爱他什么？而且那么迅速，那样用力，何必？

那天找到了当时写给齐瓯的情书，觉得好玩，发在网上。很多人追着看，还有人留言说感动。彤阿看着这段刻骨铭心的恋爱，恍若隔世。彤阿渐渐喜欢上在网络上写作，发现了更多乐趣，她终于从齐瓯的噩梦中解脱了。

一天，一个叫淘的人给彤阿留言：你完全忘记他了吗？彤阿果断回复：当然，都是过去的事了。淘说：我知道他心里一直有你。

说完，淘就下线了，彤阿看到这句话，突然难受起来。不可能的，读者不会得知真相。他心里不可能有她，可能都不记得她了，她对他来说不过是一个粗鲁的过客，而且他们最后的告别那样惨烈和粗野。彤阿陷入了惆怅中，其实她也有点后悔自己冲动的方式。

彤阿怀孕了，充沛的喜悦和对未来的盼望让她不再情绪低落。九个月后，她生下一个八斤重的儿子，一切几乎都完美了。

彤阿也心宽体胖起来，每天都沉浸在甜蜜中，然后，忍不住跑到网上炫耀幸福：儿子好胖，妈妈好肥，生活好美。淘又出现了，问：你还惦记他吗？在别人高兴的时候提及这些没趣的事，彤阿几乎要翻脸。淘又留言：恭喜你，我代表他恭喜你。彤阿怒问：你到底是谁？淘说：我是他的妻子。

真没想到，几年不见，齐瓯结婚了。她立刻反应到，她在那里大肆宣扬自己对齐瓯的感情时，难道他的妻子一直在做看客？她怎么会知道她？怎么会关注她这么多年？难道自己这些年的行踪，齐瓯也知道？

完美新世界突然浮出一团乌云，彤阿把这些年发的文字连同自己的ID来了一个彻底清除，她必须立刻走，她不愿意生活在别人的注视中，尤其是她的注视中——彤阿销声匿迹了。

五

和齐瓯认识的第七年，彤阿不胖不瘦，几乎跟从前一样。孩子活泼可爱，丈夫勤恳工作。

换了新的电脑，重装 MSN，竟然看到了齐瓯的名字，明明把他拉黑过，怎么会出现在陌生人的列表中？有意无意间，彤阿顺手发了一句：好久不见。齐瓯竟然回话了：好久不见。是做梦吗？不，明明是他。就像丢了一件物品，几年后又找回，狂喜、激动，虽然已经不强烈，却仍旧有这些情绪。感觉有很多话要说，一时间，竟不知道说什么。

这天下午，他们聊了很多很多，没有隔阂，只有距离，虽然无关风月，却一样动人。最重要的是，齐瓯和彤阿约了见面。七年后，齐瓯终于郑重地提出了见面，而彤阿想也没想就答应了。

没有几年前的疯癫，彤阿只是略微装扮前往，这是秘密，激动人心的秘密。彤阿发现，即使她对他有恨意，但是想到要见他，还是很激动。

在认识七年之后。齐瓯沧桑了好多，彤阿也有变化。他们聊了好多，齐瓯问了她的生活，也说了自己的婚姻。齐瓯几年前回国、结婚，妻子在外地，他目前在大学教书，听上去安稳且正常。他们聊了古诗词和人生……充足的谈话，来得有点晚，却终于实现了。

彤阿几次想问关于他妻子在网上曾经跟她互动的事，想了想觉得没必要就没提。

在回家的路上，彤阿感慨：世事难料。

那些爱，那些恨，那些不解，那些埋怨，那些生疏，都去哪里了？被时间过滤掉了吗？就像当初喝了一杯毒药，中途吐掉，虽然有过呕吐，甚至昏迷，毕竟免除一死，经过时间的挥发，药效丧失，如今已经无害。

国王路小茂

文/李月亮

一

路小茂显灵显得十分突然。

当时庞伟正跟茉莉谈分手,开始一条条地罗列分手理由:

首先咱俩性格不合,我喜欢安静而你太爱热闹;其次你太懒,天天连被子都不叠;第三,我妈说咱俩属相和生辰八字都不合……

什么生辰八字!茉莉愤愤地想,不就是你做了公务员觉得咱俩不一个层次了吗?不就是你们的小书记员比我新鲜吗?正想发作,茉莉忽然在电视上看到了一张熟悉的脸。路小茂!她惊异地叫起来。

电视里,路小茂人模狗样地拿着话筒,在跟主持人报新闻。

茉莉和庞伟停止谈话,直勾勾地看着他,直到他讲完最后一句"本台特约记者路小茂现场报道",两人才回过神来。

他不是在西藏吗?怎么成记者了?茉莉问。

我哪知道,六七年没见了,庞伟说,还能拽几句藏语,真有他的!

茉莉低笑。庞伟也跟着笑。

如果此刻庞伟是范伟,一定会跳出来纠正:严肃点,分手呢。

是啊,不正谈着分手吗?等他们意识到这个问题,气氛已经被破坏了。庞伟努力收起嘴角的笑意说：就这样吧，以后我就不过来了。

茉莉这才感到哀伤，可是晚了，等她想表达内心的悲痛和不舍，庞伟已经走了。

这手分得，整个一黑色幽默。

二

过了一个月，茉莉还处在生活转型的巨大不适期。直到一个下午，路小茂忽然打来电话，开篇便直言不讳：你俩真分啦？

茉莉恨不得把他从那头拽出来掰成两半，路小茂却浑然不觉兴高采烈：我早说了你俩不合适，属相就不合，鸡猴不到头，咱俩就不一样，我公鸡你母鸡，绝配！

配你个鬼！茉莉嘶吼，我说路小茂你早不显灵晚不显灵，偏偏他跟我提分手时出来凑热闹！

路小茂说，我没别的意思，就告诉你一声，我也单着呢。

去去去，茉莉像赶苍蝇一样赶他，别往我伤口上撒盐。

路小茂和庞伟、茉莉是大学同班同学，虽然他比庞伟提前一年向茉莉发起攻势，但无奈条件有限，庞伟一出手，就把他打出了情敌的队伍。

那时候谁比得上庞伟啊，人帅，嘴又巧，家又阔。

可毕业以后就不行了。找工作不是找对象，茉莉兜兜转转，始终在三流律师事务所瞎混。庞伟靠他老子反复运作，才进了法院。茉莉当时还挺高兴，以为两人里面有一个稳当了，未来也就光明了，却不想人站稳了，心却挪动了。

而路小茂，在学校就一副不中用的样，天天在学生会十没人十的杂活，跟老师混得挺熟，却什么好处都没拿过——也许唯一的好处就是说动了班主任给他和茉莉牵线。当时班主任极力抬举路小茂，说他如何聪明乐观，如何勤奋懂事，如何值得托付。

好在茉莉当时清醒，她理智地跟他保持着良好的哥们儿情谊。

后来一毕业，路小茂就去了西藏。刚开始茉莉找不到他，还挺失落。有几次她甚至跟庞伟探讨，说路小茂别是已经牺牲了吧？在山上迷了路或者遇到雪崩……

所以路小茂忽然从电视里冒出来，他们才那么激动。

三

又过了一个月，茉莉的悲痛稍有缓解，路小茂又打电话来，这次他们正儿八经地聊了一会儿。

路小茂说他在西藏做法援志愿者，义务帮藏民们办案子，他是那个县唯一的律师，很苦，也很爽。

茉莉想象不出他远在天边的生活。靠谱吗？她小心翼翼地问。

靠谱。他说。

不需要攒钱买房子吗？不需要积累人脉谋求更大的发展吗？

路小茂沉默了。过一会儿，他说：我挺喜欢这儿。

茉莉想，原来路小茂骨子里还是原来的路小茂，他喜欢上什么，谁都劝不了。就像当年喜欢她那样，她再怎么打击他贬损他，他都坚持着，死不悔改。

后来路小茂常给茉莉发短信，说他刚刚为一个在工地摔断了腿的藏民讨来了医药费，为上不起学的孩子争取到了红会救助。有时候直接转发藏民发给他的感谢短信，磕磕绊绊的汉语，透着一股子真诚的酥油茶味。还有些时候，他会发些照片，说他在去谁家的路上，风景很好。

风景真的很好。茉莉从未见过那样蓝得不像话的天，那样清凛纯净倒映着天空的湖水。

茉莉渐渐有些神往。路小茂撺掇她：来看看吧，不冲我，冲西藏。茉莉却没勇气。

浑浑噩噩又过了一个月。在一个阴郁的星期五，茉莉迎来了她职业生涯中最欲哭无泪的一天：早上被告知事务所即将裁员；中午电脑中毒，一大堆宝贵资料化为乱码；晚上临下班，又被老板拎到办公室一顿臭骂。

然后她在下班的路上，看到了路小茂千里迢迢发来的西藏的夕阳。一片火红的世界，几只晚归的牛羊走在辉煌的斜阳下，场面雄浑壮美。

她回短信：凭什么那么好的风景只有你享受？我要去看。

四

路小茂住在当地政府给他安排的一栋简陋二层小楼里，一楼办公，二楼居住，茉莉是挂着氧气袋爬上二楼的。

当晚，茉莉喝上了酥油茶，吃上了糌粑和奶渣包子，都是路小茂亲手做好端给她的。他坐在她床前，眉目慈祥地喂她吃东西，样子很像她年过九旬的奶奶。

茉莉精神一好，就跑下楼，看路小茂办公。那天是路小茂每周一次的接待日，他的繁忙超出了她的想象。有许多藏民赶来，老人，孩子，说汉语的，说藏语的，干净整洁的，满面风霜的，甚至连县长都亲自跑来，跟他探讨疑难杂案。

路小茂引经据典，说得头头是道。茉莉发现他现在懂的真是多啊，当初他们一起学来的法律，她已经忘得不剩什么，而他却全吃透了，变成知识，变成财富，变成解决问题的妙策送给需要它们的人。

那一刻，路小茂在众人的簇拥下，仿佛深受子民爱戴的国王，手无寸铁，却能救民于水火。

等茉莉身体好些，路小茂就骑着破摩托车带她上路了——是去援助村工作，不是旅行，但一路的风景，比茉莉从前所有的旅行中见过的都好。

他们转了一家又一家，在每一家，都受到国王和王后般的礼遇，茉莉生来第一次被如此尊敬，骄傲得不得了。

就在路小茂耐心回答一个口齿和耳朵都不灵光的老牧民的问题时，茉莉忽然在他身上看到了当年班主任的赞美：他的聪明乐观，他的勤奋懂事，他的——值得托付。

完成当天工作，他们回县城时已经很晚。茉莉在摩托后座上轻轻抱着路小茂，欣赏着眼前奇异的风景。天将黑未黑，整个世界都沉浸在美妙的幽蓝里，远山好像一块硕大的蓝宝石，泛着淡淡青光。

快到县城时，茉莉说，咱停下来坐会儿吧。路小茂于是在一块大石头旁停住，脱下外套垫在石头上，和茉莉并肩坐好。

过了好一会儿，路小茂开口，还是那句：我挺喜欢这儿。

茉莉说：就像喜欢我一样？

是。

我也挺喜欢。

喜欢这儿，还是喜欢我？

喜欢——这儿的你。

路小茂笑了，他的食指轻轻动了一下。茉莉的手掌也微微动了动，似乎想去迎接什么。只是他没来，她便没去。

五

刚回城的几天,茉莉被空气折磨着。这城市乌烟瘴气,就像它有许多尔虞我诈的机会,许多虚伪自私的精英,许多装模作样的爱情。

她开始了一段新工作——新的只是环境,真正的工作其实一点没变。她还是在一片混沌里,过着混沌的人生。

他说,那晚要是我吻你,你会不会留下来?

会不会呢?茉莉拼命想。那一刻她是渴望他的吻的,她也愿意留在那里几天,几周,或者半年——再多,怕是就不行了。她还要看电影,吃大餐。这些,已是她生命里必不可少的有毒的养分。

后来茉莉在一个失眠的深夜,打电话给路小茂,向他做了全面又细致的坦白。

所以,我不会去,她在最后说,虽然我很想你。

庞伟和小书记员要结婚了。听到这个消息,茉莉的第一反应,是很想路小茂。

她发短信给路小茂,说庞伟要结婚了。他很快回复:需不需要安慰?她说不需要。过了一会儿,终于忍不住又说:我很想你。

那边就没回音了。茉莉看着死寂的手机,心情比听到那个婚讯沉重许多倍。

有人敲门,她拉着阴郁的脸,慢腾腾地打开。路小茂赫然站在门口,没多说一句话,他张开双臂紧紧抱住了她。她也抱住他,哭了。

哭了半天,她才问,怎么回来了?

回来找你。

不再去了?

不去了,这边工作都找好了。

怎么不早告诉我?

想都安顿好了再说,免得吓到你——还愿意要我吗?

要!

我现在是穷光蛋。

可你有高傲国王的潜质。

路小茂是真正令她仰慕、给她安全感的,他有那样的本事,茉莉越来越确信。

一颗温柔的珍珠

文/良 辰

一

戚先生说,一切美好都值得等待。

他不知道他就这样改变了许岸的一生。

后来许岸常常想起第一次见到他时的情景。当时她被自己兼职的花店派到一个聚会上送花篮,刚到场地就下起了雨,她等了好长时间都没人来签收。要不是戚先生来拉走她,她可能就开口骂人了。

她会很多脏话,自己也不知道从哪里学的。好像她就应该是这样,骂骂咧咧,邋邋遢遢,从头到脚一身便宜货。

戚先生拉着她到墙角下避雨,她一点也不感激。这个男人30来岁,微胖,脸庞圆润光滑,身材不高,但他说起话来,是那种非常有魅力的男人,智慧、笃定,让人过目不忘。

所以再见到他时,她一眼就认出来了。当时他坐在车里,车停在商场旁的马路上,许岸从旁边过,咧开嘴对他笑了笑。

戚先生也笑,很礼貌、很谦和。

许岸就晕了。她都不知道是怎么坐上了车,怎么把她那一大袋超市购得的打折商品放进了车里。

下车时不小心崴了一脚，廉价的凉鞋便开了线。许岸羞愧之余，自我开解道，正好当拖鞋穿。

戚先生看了看，没说什么，下车给她在旁边的小店买了一双新鞋。

朋友听了都说，你要警惕呀，这个戚先生，说不定是专门玩弄女孩的骗子！

许岸不以为然，其实道理她都懂，但当对象是戚先生时，她就把那些都忘了，不会拿来借鉴、参考或是警告。

他是那样一个独一无二的男人啊。

二

她给他打电话，说多一张票，请他去看油画展。

其实票是她自己买的，而且她买票的时候，戚先生正好就在背后看着她。

他大概会心生怜悯吧，这个衣着廉价的姑娘，花掉了或许是她全部的钱请他来看一次画展——那是她第一次看画展。

本来戚先生说看完后请她吃饭，但半路接了个电话，临时有事，把她送回学校就走了。

许岸又给他打过几次电话，可总是见不到他。有一次他让人送来了一张歌舞剧的门票，自己却没空去。许岸才想到他只是为了还她请看画展的人情。

戚先生是已有意中人了吗？

许岸跟踪了他好多天，他很忙，身边总是有很多人。有一次她拉住一个男人问：你知道戚先生有女朋友了吗？

那人奇怪地看了她一眼，摇摇头：我不知道。

她找出花店的客户电话册,打给戚先生,瓮声瓮气地说:您好,我们在做客户满意度调查,请问您有妻子或女朋友吗?

最后她还是决定直接去找他,但到了他公司楼下又不敢贸然上去,就坐在大厅里等。

大厅装潢得华丽而高贵,其中不断过往形形色色的女人,她们每个人衣着都精致得体,即使在最细微的地方都整洁如新。这让她感到无所适从,对着那面光可鉴人的大理石墙壁,她看到自己那一件超市减价时买来的雪纺上衣,配着一条已没了型的牛仔裤,不端不正地站在那里,她是这间光鲜的大厅里最不协调的一部分。

那时她才突然意识到,戚先生每天在这样的地方来去,他看着自己,该有多滑稽啊。

她又自卑又伤心,想赶紧消失又不知该怎么走出去。戚先生出现的时候,好像已经过去了几个世纪,她看着他不苟言笑的脸,突然哭了出来。

他就很无奈,你到底要怎么样呢?

原来他都知道了。

三

许岸人生中收到的第一束花,是毕业时戚先生送的。

凤凰花,世上还真有开得这么绚烂的花。

吃饭的时候戚先生说,你一个女孩子,做事要做得好看,不要拐弯抹角,偷偷摸摸……

许岸抿了抿嘴,对他一笑,凑合吧。

他看着她问道,为什么总是要凑合呢?你整个人生也可以凑合吗?

离开餐厅时路过时装店的橱窗,戚先生看了看里面的一条裙子说,很适合你。

裙子真美,她从来都不知道自己可以这么好看。可美好的裙子都有着不美好的价格,她看了又看,还是脱掉了。

戚先生问,喜欢吗?

许岸制止了他掏钱包,戚先生在她心里好像是一个珍贵的存钱罐,她永远不会为了一点钱而摔碎他。

从那天起,她把淘便宜货的时间用来赚更多的钱,为了所有那些质地优良、价格不菲的裙子和鞋奋斗。忙里偷闲时给戚先生写邮件八卦她的女上司:胸前佩着钻石,却有一颗黑暗的心。

可是男人都喜欢钻石样的女人,是不是?她问。

戚先生回信:我不知道,但我不爱钻石。我喜欢的人,外表和内心都是珍珠,同样莹润、光洁,包含了上帝最温柔的心意。

许岸看了,整颗心都变得很柔软。再没有人比戚先生更懂得欣赏一个女孩了,温柔的珍珠,这是能够说出的最美好、最本真的特质。

从此她再也没有骂过人,而当她不再以一副丑恶的嘴脸示人时,她发现自己原来是一个很讨人喜欢的女生。

四

他们认识一年半以后,许岸已经跳槽了三次,工资翻了几番,在她的衣橱里,从大衣到腰带,已找不到一件质地低劣的东西。她也学会了化精致的淡妆,每周去做一次美容,每月进一趟美发店,可是戚先生除了偶尔和她吃饭,没有任何表示。

闺密说,有钱人嘛,你要钓得金龟,除了面子上漂亮精致,还要会打高尔夫、会品红酒、会骑马,是高级会所的会员……

许岸想说自己并不是为了钓金龟，只是戚先生碰巧是有钱人罢了。可再想一想，戚先生的一切品质，其实与他的经济实力是分不开的啊。

这样的话，仅凭她许岸一两年的摸爬滚打，是根本不够的，她非得进化成另一个物种不可。

但是戚先生会等她吗？

她发短信试探他：我总想要变得更好，但是时间却不愿等我。

戚先生回信：一切美好都值得等待。

她又一次沸腾了，连着一个月，身体里好像蒸腾出许多泡泡一样，整个人都是飘着的，飘到高尔夫球场，飘到高级健身俱乐部，再飘到各种规模的红酒会，终于有一天，她在高尔夫球场碰到了戚先生。

他有点惊讶，我不知道你也打球。

但很快他就看出了她的目的，他说你完全可以选一项你喜欢的运动，不必勉强到这里来。

其实经过这许多事以后，许岸已经知道，戚先生的心并不在她这儿。但是当一切进行到这一步时，她已经是凭借着惯性在向戚先生冲刺了。

五

直到那个圣诞节，她给戚先生买了一条领带，是顶级的牌子，但是戚先生说，他不能和她一起过节，也没有说明理由。

晚上许岸喝醉了，打了很多个电话给他，他只说，后天我去找你。

他们见面是在一个开满了花的小山坡上。当戚先生说我要走了时，她哭得妆都花了。

你喜欢我吗？她问。

戚先生不说话。

我还是不够好吗？

他依然沉默。

那是你已经有喜欢的女孩了？戚先生摇摇头，不是你想的那样。

许岸就不问了。

她一个人往山下走去，一边走一边脱掉脚上的高跟鞋，去你的，她骂道，去你的，都去你的！

不管她是不是珍珠，戚先生不要她，又有什么用呢？

然而等走到一多半的时候，她听见远处有人喊她。

她回过头去，看见戚先生站在半山腰上，双手握成一个圆，对她喊道：我——喜——欢——你！

许岸在夕阳下眯着眼睛望着他，戚先生继续喊道：你——很——美！

许岸看着他在远处很小很小的身影，呆立了很久。

那天以后，戚先生就走了。

六

过了三年，许岸再也没有坏回去，她一直维持了爱戚先生时的样子。他说过，一切美好都值得等待，所以她终于等到了很好的男孩，并结了婚。

戚先生就这样从她的生活中永远地消失了。也许人生就是这样，总有一些触不到的梦想，得不到的爱人，忘不了的痛。时光荏苒，再回想起来，好像站在当年那日的雨雾里，整个人都潮潮的。

戚先生会知道的吧？有一颗温柔的珍珠，一直对他怀着最美好、最亲切的记忆。

Hello，树小姐

文/清扬婉兮

三月风沙正大，从高速路收费亭的小窗口望去，天地一片灰青迷蒙。周小荻每天坐在小小的收费亭里，收钱，开票，枯燥得很。

一个开着银灰色大众的男人，在周小荻微笑着说完"你好"之后，迟迟没有伸手递钱过来，而是惊喜万状地叫道："周小荻，是你啊！还认识我吗，我大熊啊！"

周小荻丢过去一个白眼，"干吗，套近乎？"说着，气定神闲地撕票给他，眼皮再没抬一下。栏杆已打开，后面有车焦急地按了按喇叭。男人无奈地启动车子，纠结地说："咱们真的是高中同学啊，我大熊，刘梦熊啊！"车子缓缓地开出去了。

等等！什么？刘梦熊，是那个高胖子、包子脸的刘梦熊吗？

一

17岁的周小荻，像所有同龄的女生一样，常常想象自己是小说的女主角，被帅气的男主角爱得死去活来。她把这些想象，都加在了隔壁班的秦天身上。

周小荻最新的行动，是准备在年级英语组为元旦排练的英语话剧中，谋求一个重要角色。她用一套绝版CD贿赂文艺委员林媛媛,请求她去向负责话剧编排的英语老师说说情。

"求求你了,你就和老师说说,让我演那棵树吧!"

林媛媛嗤之以鼻,"你有病吧!演一棵树?"

周小荻嘻嘻笑着,"那个不用动来动去,容易操作嘛!"

"我还以为你想演公主呢!这点小事,包在我身上了。"

周小荻笑得嘴角咧到耳根。她看过剧本了,王子经过的时候,会依靠在树边休息,大树为他投下一片阴凉。这样亲密的距离,她怎能错过?

因为,秦天演那个王子。

到了正式合作排练那天,她眨巴着双眼从树干上的孔洞朝外望去,终于等到了来人。咦?王子呢?来人是一个高胖的猎人,原来老师临时给猎人增加了戏份儿,去掉了王子那部分。

她失望极了。猎人威武雄壮地扛着猎枪,一屁股靠树坐下来,娇弱的小"树"连根拔起——周小荻摔倒了。

一张热腾腾的包子大脸瞬间逼近,关切地询问她的"伤"情。他伸手扶她,忙不迭地说着:"对不起对不起,你没事吧?我以为你是假的。"

她怒然推开他,将所有的失望都迁怒在了眼前这个叫刘梦熊的男生身上。转过头的一刻,她忽然悲哀地发现,王子早已和扮演公主的林媛媛眉来眼去了。

二

一计不成,又生一计。年少时为了接近喜欢的那个人,挖空心思想出的那些金点子抑或是馊主意,像雨后的青苔,一茬一茬地冒出来。

周小荻的第二个计策是,竞选中队委到学校门口站礼仪岗。

轮到周小荻站礼仪岗时已值隆冬。早晨出门，妈妈特别嘱咐她穿上羽绒服。羽绒服套在校服里，她看上去像一个臃肿的冬瓜。

秦天进校门时，果然如她所料，"三佩戴"一个没有。

周小荻畏畏缩缩地犹豫着，不敢上去拦他，最后还是和她一起站岗的女孩眼尖手快地拦住了秦天，铁面无私地说："同学，你的团徽、校徽，还有学生证。"

秦天假模假式地在书包里寻摸了半天，然后，对女生绽开牙膏广告明星般的笑，"忘带了，帮帮忙，高抬贵手。"

女生不依不饶，掏出了神奇小本，那上面记着各种违纪。周小荻攥着冻红的手，心里有一个声音微弱而焦灼地喊着："求我吧！问我吧！"如果他记得排练话剧时那个扮演树的女孩，如果他转脸像个熟人似的对她笑一笑请她高抬贵手，她一定会向旁边的女生求个人情，徇私舞弊一回。

可秦天连眼皮也没朝这边翻一下，最后怒然报了自己的班级姓名，大咧咧地走了。他根本不认识她。想到这里，周小荻被寒风吹得刺疼的眼睛一阵酸涩。

正在暗自伤心中，人流中走来了一个熟人，大熊，他前脚刚刚跨入校门，就被那个女生拦住，依然铁面无私，"校徽呢？"

大熊在口袋和书包里一摸，神色慌张，"哎呀！忘带了。"随即将那张笑得一脸褶子的包子脸转向周小荻，"周小荻，小荻，荻，高抬贵手，饶了我这回吧！"

周小荻正没情绪，但一想到在这么重要的岗位上不为班级做点贡献实在说不过去，于是将徇私舞弊的名额给了大熊。

大门要关了，工作也结束了。她落寞地朝教室走去，这才感觉到，手指和脚尖被冻得有些麻木。

大熊从学校餐厅方向走过来，手里捧着两杯豆浆，随手就递给周小荻一杯，"为了感谢你刚才的大恩，特意给你买的！"

冰凉的指尖碰上热乎的豆浆杯，心里有一处拥堵仿佛被瞬间击溃，她眼泪唰地一下就滚下来，吓得大熊连连后退慌了神，"一杯豆浆而已，不用这么感动吧！"

三

轮值的周小荻一直没有等到秦天的微笑，不过大熊会隔三岔五忘戴学生证或校徽，劳烦周小荻搭救放行，然后再佯装感激买杯热豆浆给她。

春天来临的时候，又轮到周小荻站礼仪岗。脱去了臃肿的羽绒服，蓝色水手校服包裹出她曼妙的少女身材，她站在那里，享受着少年们追光灯一样的眼神，自信又满血复活了。

于是，在一个春风沉醉的清晨，她和秦天再一次狭路相逢。

哈！他又没戴校徽。这一次，她勇敢地伸出手拦下了他。

秦天转过头，若有所思地看着她，忽然露出惊喜的神色，"哈！周小荻，你是英语话剧里扮演树的周小荻啊！"

她愣在那里。原来，他认识她，他记得她啊！坐在教室里，周小荻的一颗心如摩天楼的电梯忽上忽下。

接下来的日子，时常忘记"三佩戴"的秦天堂而皇之地享受着周小荻的睁一只眼闭一只眼，如果他恰好隔空抛来一个浅淡的笑脸，那便是她早饭时最美的佐餐。

私权不能滥用和用滥，于是她开始对大熊严苛起来。当大熊再忘记佩戴校徽，她会如女包公一样严查严办。大熊一脸委屈地站在她身边，一边恳求她不要记录，一边自己在书包里寻摸。不一会儿，摸出了一块巧克力，于是嘿嘿笑着塞到两位女包公手里，一会儿又摸出一个肯德基猫玩偶在周小荻眼前炫耀,一会儿竟摸出一只臭袜子,吓得她赶紧将手里的巧克力扔了。最后,他终于从书包里摸出了校徽,在周小荻小刀一般的眼神中,戴上走了。

而周小荻和秦天的关系,有了质的飞越。他会在早晨进校门的时候,大方地邀请她:"下午有我们足球队和三中的友谊赛,你和林嫒嫒一起来看哦!"

她觉得,他也是有一点喜欢她的。

四

七月的末尾,城市笼罩在连阴雨的阴霾中。早在放暑假前,周小荻就接到秦天的邀请,狮子座少年,邀请她参加他的生日宴。她在妈妈工作的蛋糕房里,亲手做了一个蛋糕。

她提着蛋糕出了门,刚刚走出小区,忽然狂风大作,兜头砸下一阵急雨,她连忙跑到一个书报亭避雨。

周小荻焦灼地看着腕表上的时间一分一秒地流逝,大雨却依然没有要停的意思。

这时,耳边响起一个戏谑的声音:"悟空,为师来也。"

她回头。蓝色的透明雨衣,包裹着大熊,他跨坐在电动车上,鼻尖停落着一滴雨。

周小荻惊喜万状,兴奋地叫嚷着:"快,送我到××饭店。"说着就自顾低了头,坐上后座,钻进了他宽大的雨衣后襟。

"谁过生日啊,提那么大蛋糕?"

周小荻将蛋糕又向怀里搂了搂以免被淋湿,回答:"一个同学。"

"咱班同学?谁啊?怎么没请我啊?不够意思。"

"不是。"

说话间,忽然一阵剧烈的颠簸,车身重重地倒向水中,两人跌落在水洼中。

他们坐在街心花园的凉亭里,看着彼此落汤鸡的样子,笑成了一团。周小荻发现自己并没有想象中那么沮丧不安。

雨终于停下来,流云在头顶暗渡,风在树梢呜咽,水滴从凉亭的檐角落下来,小池塘里传来蛙声一片,同样是快乐的一天。

开学再在校园里见到秦天,她向他解释生日那天没能到场的原因,秦天一头雾水,"生日啊,我暑假回奶奶家了,早就通知大家取消了,没告诉你吗?"

周小荻表情僵住,木木地答道:"哦!是我忘记了。"

他被同伴拉去操场踢球,仍不忘回头喊道:"一会儿来看球哦!"

她却知道,自己再也不会去看了。

高考的时候,周小荻发挥失常,最终只考上了一所大专院校。大专毕业,做了一名收费员。

五

在高速路上遇到大熊的时候,周小荻正在每周末被父母逼着相亲的生涯中挣扎,形形色色的男人见过不少,却没有一个入她法眼。她觉得谁也无法和记忆中的秦天相比,尽管他懵然无知地伤害了她。曾深爱过的少年,如同青春路上的一座路碑,被时光的荒烟蔓草淹没。

当大熊再次出现在收费岗与她搭讪的时候,她下意识地多看了两眼。记忆中的包子脸,被时光雕刻得棱角分明。

在春光明媚的季节,她和大熊进行了几次气氛欢洽的约会。往日的友谊，又朝着长势良好的状态发展。

深夜的QQ，忽然小喇叭闪动，传来"嘭嘭"的提示音，点开，一条请求添加好友的消息跳出来。对话框里，跳出一行小字："周小荻，我是秦天。"

她的心咯噔一下，仿佛被什么东西重击了一下。

两人热络地叙旧聊天，他现在在政府部门上班，是单位最年轻的副处，他"五一"要结婚了，女方是他们局长的女儿，爱情甜蜜，前途光明。

他终于步入主题：他要结婚了。她手指僵硬地敲下"好啊"！然后，看着他的头像，渐渐灰了。

因为女孩那点可笑的虚荣心，她恬不知耻地揪出大熊假扮男友，兼职司机，大熊屁颠屁颠地欣然接受。

婚宴在城中最好的酒店，老远从车里下来，就看到一对新人在门口迎宾。周小荻挽着大熊的胳膊，嫣然百媚地走过去。

"恭喜恭喜！秦天，新娘子好漂亮啊。"周小荻故作大方地对眼前西装革履的新郎说着祝福之语。

秦天笑容喜悦，言辞热烈："你来了啊！谢谢，谢谢！里面请，里面请。"她再一次悲哀地发现，他一直没有称呼她的名字，会不会，他根本已忘记了她？

婚宴菜品不错，周小荻却丝毫提不起胃口，吃了两口，就拉了大熊准备开溜。走出酒店大门那刻，身后有熟悉的声音传来。

"你小子朋友还挺多，今天来的客人不少啊！"

"我把能联系上的都叫来了，好多都忘了长什么样子了。这些人，见我在政府工作，巴不得套套近乎呢！趁着结婚，搞搞融资啦！"是秦天的声音。

笑声冲撞着她的耳膜，令她胃酸翻涌，她仓皇地夺门而出。

回去的路上，大熊絮絮叨叨地说着什么，她一句也没听进去，最后还很厌恶地喊道："你好烦啊！闭嘴！"

当周小荻心情平静下来，意识到自己那天对大熊态度恶劣时，发现他在她的生活里失了踪。

她落寞地坐在收费亭里，望向窗外。她想起那个威武雄壮的"猎人"，那个在校门口故意藏起校徽的少年，想起他载着她在大雨中踽踽前行一同摔倒时快意的笑声……

在多年后的这个瞬间，当她想起青春这个词，她觉得就是，冬晨的一杯热豆浆，大雨过后，流云在头顶暗渡，水滴从凉亭的檐角落下来，小池塘里蛙声一片。

她想起大熊在婚宴回来的路上说过的话。

他委屈又深情："小荻，你有没有想过，拉南瓜车的老鼠，也很爱车上的灰姑娘呢！"

他俏皮又霸道："小荻，我不管了，临时男友要转正，兼职司机要专职！"

可她正没情绪，恶声恶气给他兜头泼下一桶凉水——她好可恶。

终于挨到下班，她冲上回城的班车，她胸口充满焦灼，目光饱含着柔情，她那样急切地想见到他，这一刻她终于体会到他从前的心情。

她很好

文／陆小寒

一

文学院古汉语班的顾明岐和陈家明谈恋爱了。

谁是顾明岐呢？

"就是文学院那个外号古墓派掌门的。"

明岐在图书馆看书，收到陈家明的短信，几乎是有些凄惶地站起来。而陈家明，正插兜站在窗外，4月的黄昏，一天中最后也最美的时光，是青春的咏叹调。

夕阳像被浓汤煮过，他舒服地眯起了眼睛，眉宇间有倨傲，他问："你答应还是不答应？"世界上怎么会有求爱也这么理直气壮的人呢？

可是，明岐点了点头。

陈家明身边的女孩子，像黄金八点档的肥皂剧，从没有断档过。他把恋爱当集邮。

这些明岐都清楚，她甚至知道他对她突如其来的追求只是出自和朋友的一个玩笑。他们打赌的那个晚上，她正在操场上，隐在夜色里，听到他戏谑的声音，"那我就在毕业前征服一个最有难度的。"

他们走远了，她一个人缓缓地抱膝蹲了下来。夜凉如水，四下空无一人。她的心脏跳动有力，雀跃又伤感。

然后第二天便收到了他的短信、他的花、他的约会邀请。明岐没有热情地响应，但她如约前往，只是换上了自己最好的裙子。

约会其实很老套，一起吃饭然后散步回来，偶尔聊上几句，都是一问一答，大部分时间在沉默。明岐心里想："他一定是觉得我很沉闷。"

就这么揣测着走到校门口，有一个老妇守着一个竹篮在卖石榴，想来已贮了一冬，明岐想挑几个带回宿舍摆在床头。可是陈家明在这儿，让他付钱总不好。于是目不斜视地走过，打算待会儿自己再折回来买。

然而陈家明说："买一些吧，我喜欢石榴。"

于是他们买了一大袋子坐在体育馆的台阶上剥石榴吃，酸涩无比还吃得津津有味。陈家明说："我小学的时候教室的窗外就有一棵老石榴树，开花的时候特别好看，我老忍不住开小差去看它，结果被老师罚站……在石榴树下做作业、睡觉、等家长来接，那段时光真让人怀念。"

明岐微笑，"我的小学也有一棵石榴树，我也爱在树下做作业、睡午觉，还偷摘了小红花藏在校服口袋里带回家。"

共同的话题让他们热络了一些，陈家明感慨地说："果然每个小学都有石榴树，就像每个高中都有香樟树，每个大学都有法国梧桐。"

他没注意，顾明岐原本热切的眸子，一分分黯淡了下去。

二

明岐是这样的女生：性子冷，中规中矩，从不强出头，说话只看对方的下巴。加之她学的是古汉语，身上更有股沉沉的暮气。

幸好，她有一张美好的脸庞，有初中高中同学惊觉女大十八变，转过头来追她，她只淡笑，"你都见过我从前的丑模样，我心里自卑。"

她不恋爱，没有人知道是因为什么。

可是陈家明是例外，他们第三次约会的时候，她就和他接吻了。或者该说，他吻向她的时候，她没有拒绝。只是手脚冰凉、意识涣散，像得了一场重病。他松开她的时候，去握她的手，像一把竹子，清冷又细腻。他笑了，"初吻？这么紧张？"

她摇头："不算是。"

明岐的初吻在五年级，也有一个少年喜欢在石榴树下做作业，那是一个盛夏的黄昏，只有他们两个还留在学校里等迟来的家长。少年做完了作业兀自趴在凉亭里睡起觉来。他没有和她说话的兴趣，他是课代表、班长、大队长，而她只是一个安静坐在角落里、功课不好不坏的乖学生。

她不知道自己怎么会有那样的勇气，也许是那天的石榴花开得太好，好像随时会死掉。她慌乱地把唇印在少年的唇瓣上，三秒钟的工夫，她慌乱如被狩猎的白兔，闷头逃窜。

明岐告诉陈家明，她在小学的时候偷偷亲过一个喜欢的男生，但是那个男生不知道。

陈家明笑，"你那个不算，他不曾像我这样吻过你。"

是的，他不曾。

三

他们的第三次约会弥漫着离别的伤感，或者说整个学校这个时候都笼罩在毕业的气氛中。陈家明已经在上海一家很好的外贸公司实习，答辩前还要再去一趟，敲定合约细节。

直到要走的那天凌晨，陈家明才来找她。他们去早市的花鸟市场，那里是熙熙攘攘，湿漉漉的热闹，他拉着她的手，力道不轻不重，是温柔。

陈家明买了一小盆羊齿兰，带她去吃早餐，沸腾的豆浆、冒热气的小笼包，他们吃得十分酣畅，额头有了一层薄汗。

"这个送给你,要好好照顾它,我回来的时候要查收。"他的眼睛看定她。

他的意思是他们还不会分手,而她故作不察觉,静淡地接过来,没说什么。

陈家明去上海的第四天晚上,明岐做了一个梦:梦里她还是十五六岁的样子,穿着白衬衫校服。她站在落满夕阳的走廊里出年级黑板报,踩着一张高凳,持着板擦,擦完一点再挪过一点。然后有一个穿同样校服衬衫的男生从楼梯上下来,他背着一个重重的黑书包,手里拿着一罐可乐和面包。他跑下去几步,又折了回来,把面包叼在嘴里,从她手中接过板擦,唰唰几下就把她擦不到的地方擦干净了。

他飞快地擦完,手上落了一层粉尘。他接过她递来的纸巾,含糊地说了声谢谢,就跑下楼梯。明岐连忙跑到走廊上,可以看到他最后一点背影。

明岐醒过来。

她突然很想念陈家明。

四

明岐第一次来上海,这么大而精致的一座城市,像一片苍茫的海洋,而陈家明,就像一只透明的虾子,一落进去就消失了。

他的手机一直关机。冰冷机械的女声,让她的心惶恐不安。她打车到陈家明的住处等,陈家明回来时,落后几步黏着一个明艳女孩,她把高跟鞋提在手里,晃晃悠悠地走过来。明岐觉得胸口骤疼。

陈家明的表情是一个梦旅人突然被惊醒,"顾明岐,你怎么会在这里?"

他喊她"顾明岐",三个字口口声声。她尽量不动声色,"你两天没有打电话来,我担心你出事,就过来看看。"

"家明,她是谁啊?"女孩的声音迷醉。

"绵绵,你先进去。"

房门关上,陈家明才过来握她的手。他的手在夜色里冰凉滑腻,如一条细细的蛇,缠着她试图解释,"她是我的高中同学,碰巧遇到,一起去酒吧喝了几杯酒,就上来喝杯茶醒醒酒,我们真的没什么。"

她没有说话,于是他只好继续说:"我本来就打算今天晚上给你打电话的,前两天跑东跑西太忙了,没想到你会过来。"

她失望极了,厌弃地挣脱他的手,其实他也没有握紧。"你只当我没有来过,我在学校等你。"她转身走开,他自然是没有追上来。

明岐当晚投宿一家国际青年旅舍。楼下是客厅,落地窗边是松软的沙发,她窝在里面慢慢缓缓地抽一包烟、喝一罐啤酒,那模样姿态,像一个迟暮的老兵,悲壮激烈的往事和寂寥的今天,都凛冽地扑向她一个人。

那是小学的毕业典礼,他们站在煤渣跑道上拍毕业照。第一排蹲下,第二排半蹲,第三排站着,第四排站到铁架子上。

艳阳太毒辣,他们眯起眼睛,快门闪过的一瞬,有人大笑有人平静,而站在她身边的那个少年,僵着脸,皱着眉,像有深仇大恨。

呵呵,他受了委屈。那个时候他的个子太矮,排队的时候多了一个男生,于是他被安排在了她的旁边。他觉得是羞辱,而她以为是天大的福祉。

她喝醉了,竟然就在沙发上睡着了,昏蒙时刻被人轻柔地摇醒。她睁开眼睛,是一个晨起跑步的外国男孩。他蓝颜色的眼睛关切地望着她,用不流利的中文询问:"小姐,你还好吗?"

她摇摇头,却说:"我很好,一切都好。"

五

两天后,陈家明回来了,带回来一大袋石榴,送到明岐宿舍楼下,"南方的石榴比北方的好吃,你尝尝。"

她接过来,当作什么事情都没有发生。

论文答辩、拍毕业照、吃散伙饭,6月初的校园里,很多人感到了"离愁"。离愁谁说得最好呢,是朱天文,她说:"那是石墙盛开的一树白花在煤灰冷雨里缤纷自落。"明岐看到这句话,手僵在书页上,如何也舍不得翻过。

她合上书去睡午觉,忘了定闹钟,醒来时已近黄昏。这个光景里的人是脆弱的,她怅然若失,只是不知道失去了什么。她是心疼那些被浪费掉的时光,还是错过的人事?

突然楼下很喧嚣,她坐起来,跟着舍友一起走到阳台上,原来是她们班的男生,15个男生齐齐站在楼下,有人喊"一二三",于是听到整齐划一的吼声,"07古汉语的美女们,我们爱你们!"

有人扬眉笑,有人捂嘴哭,也许里面有她暗恋的男生。她们趴在栏杆上,用尽力气回喊道:"我们也爱你们!"

明岐看到陈家明,他也在里面,仰脸看着她,他23岁的脸,苍凉又遥远,像一枚琥珀,永远静止在了松脂的清香里。

他们一大群人去KTV唱歌,都是些伤感煽情的歌,有人接过话筒唱起:在有生的瞬间能遇到你,竟花光所有运气……那个男生的声线太像陈奕迅,声音喑哑低沉,唱哭了很多人。明岐望向陈家明,他仍能自持,黑眼珠深情,白眼珠残酷,恍如记忆中的那个少年,什么都没有改变,只有时光流过。

陈家明问:"你怎么了?很难过吗?"

她摇头:"我很好,只是有些伤感。"

有人搬了几箱啤酒进来,明岐喝了太多酒,垂着头靠在沙发的一边,沉沉地睡去。

没有人去叫醒她。

是的,让她自己慢慢醒来。

还有人继续唱:"你说我们的爱情不朽,我想,上面的灰尘一定很厚。"

她的爱情怎么会这么漫长呢?也许像泡在福尔马林里的植物标本,同时布满了腐朽又永恒的气息。

她爱了他那么久,恍如隔世。

Pictures of love

文／大漠荒草

Picture One

中秋时学校放假，回了三水镇的老家。小姨舅妈都聚在我家，话题忽然跳到我身上，小姨冒出一句："前几天遇到崔姐了，她还念叨说当初她家宋辰就喜欢咱家楠楠，性格好，人又聪明……"

我的心猛跳了几下，看沙发上的小姨正笑盈盈地瞥向我，我知道，那通谈话定会出现一个字眼——可惜。

或许我和你，也只有配这个词，才能将那份单纯的美好一直怀留至今。

我起身回了房间，打开床头那只抽屉，

拿出一本泛黄的相册。翻开第一张,是慧源附中的入学军训照。我站在第一排的中间靠左,笑得像只裂开的生石榴。

应该是13岁吧,刚上初中。那时的余芝楠笑点低得让人咋舌,动辄便笑得前仰后合。第一堂语文课上,因为那位南方过来的洪老师口音奇特便足足乐了一节课。

同桌卢婷说:"余芝楠,有没有这么夸张?"她狠狠在我手臂上扭了一下,说,"你笑起来的声音像轮胎漏气,又长又刺耳。"

那时候心思简单得像一瓶纯净水,无论谁,看一眼便能读懂我。我留着一头很长的头发,束成马尾。坏小子们骑车从我身后过,顺手扯我的辫子。有几次辫子被扯得散开,像个女鬼,坏小子们得意地嚷:"现原形喽,余芝楠现原形喽。"

终于有一天,飞车党们故技重演时,我拽住一只车把,掏出一把剪刀。"咔嚓",应声而落的是一条乌黑的发辫,手一扬,我把那束头发丢给了他,"你喜欢就拿走吧,别做噩梦。"那男生双手擎着辫子不知是放是收。

后来宋辰在写给我的信里说,那天的我像个女侠。我笑笑,我记得当时从旁路过的他看我的表情,像看一个不可思议的怪物。我责问他,怎么就不能英雄救美一回?

他回:怪只怪,我们相见恨早,那时你不懂收敛锋芒,而我还没有勇气与全班为敌。

Picture Two

相册的第二页,是一张偷拍的照片,上面是短发的我,嘟着嘴,显然不快乐。

照片是宋辰很久之后才寄给我的。在我顶着有些参差的短发来上课的那天傍晚,他悄悄叫住我,说:"余芝楠别不开心了,我真怀念你以前笑哈哈的样子啊。"

"卢婷说我笑得像轮胎漏气,他们还录了我的笑当手机铃声,说是鬼来电。"

"别理他们,他们只是嫉妒你。"他轻轻拍了下我的肩膀,"况且,你的自卫战打得很漂亮!"他斜背着书包走了,我飘飘忽忽地像踩到了一片云。

那之后我恢复了豪迈的大笑,积极回答没人响应的问题,甩人千里地拿第一。

忽然有一天,我发现很长一段时间里我追踪着一个人的一举一动。他弯着细细的眼和前桌女生说笑,他在生物课上看武侠小说……真讨厌,身体像个指南针,无论他在什么位置,我都能准确无误地指向他。

我在自己的小房间里对着镜子摇头,"余芝楠,你完蛋了。"

宋辰有什么好?成绩中等,个头一般,不爱篮球,不穿一尘不染的白衬衫,完全不符合任何一条白马王子的标准。何况,他一定对我没意思,不然看我被欺负怎么不心疼?不然怎么跟哪个女生都说说笑笑的?

余下的日子里我拼命对抗着自己身体里的磁场,不偷看他,他回答问题时把耳朵堵上。就这样一路撑到了初三。

Picture Three

翻到了初中的毕业合照。我站在最中间,笑容收敛了,眼圈是红的,水盈盈地含着泪。我身后站着的,是宋辰。

"恭喜了,听说直接保送慧源高中部的申请批下来了。"拍照时,宋辰突然对我说。

"谢谢,你呢?"

"我去读技校。"他说了一个名字,我就开始落泪,"那么远,隔了好几个城市呢。"我不敢抬头,心里一抽一抽地难过,却听他笑笑地道:"到时候我给你写信。"

照相的师傅在前面不停喊:"笑一笑,第一排中间的那个女同学别拉着脸呀。"

一只手从身后轻轻拍了拍我的肩,和缓的力度像轻轻敲在我的心上,又暖又疼。我努力扬了扬头,咧出一记难看的笑。

"为什么那么坏?偏偏挑那个时候告诉我!我哭得多难看,全班都捧着相片看我笑话。"

"你哭得很好看啊。"

我们开始写信了,小小的暧昧像蒲公英一样,洁白又轮廓模糊,只知道轻盈地飞。

Picture Four

我真不知道自己竟还保留着那个女孩的相片:明亮的笑容,眼睛很大,身段丰满,成熟又美丽。

宋辰在来信里说,这是他的女朋友,技校同班同学。也爱笑,笑起来像小母鸡,咯咯咯的。那是他第一次跟我说起她。

我很惊讶,怎么就突如其来给我一记闷拳呢?是不是没有说过喜欢就不算背叛?那这些日子里的你来我往又算什么?或者只是我的一厢情愿吧。

很长时间,我没有给他回信。

读书,只有疯狂地读书。我不能停下来。一旦松懈,眼前就全是那双弯成月牙的眉眼,心就没来由地抽痛,好像胸腔里的空气都被抽干了。

原来我已经不止是喜欢他那样简单。

我撕了张作业纸，给他回一封迟到了半年的信。我说，我不想祝福你，你也和那些坏男生一样学坏了……宋辰，你，寒假回来吗？

他的回信很快就到了，他说寒假不回了，要去广东学习粤菜。

跟那只小母鸡一起吗？

我吃了一个寒假的鸡肉，咬牙切齿的。

Picture Five

这是一张被撕烂了的照片，背面用透明胶布粘了一道又一道。一个赤裸着上身的大男生站在海滩上，晃着一只绿色的漂流瓶。

"里面写的什么？"

"高考完了告诉你。"

这张照片不幸被我妈见到，她大吼着："这是什么人？竟然给你裸照！"说完，夺过去撕个粉碎，丢进垃圾桶里，"等高考完了再收拾你。"

当时小姨也在，她将妈妈拉到一边，我听到她说："好像是崔姐的儿子，那孩子又上进又稳重，楠楠这个年纪……何况在海边穿泳裤也正常……"

我没细听，蹲在垃圾桶边捡起那些碎片，回了自己的小屋。我没哭，一边仔细粘着照片一边瞧着里面的宋辰，心里好笑：你呀，这么瘦，还好意思裸上身呢。

后来他长壮了些，我妈见到后还跟我汇报："宋辰现在很出息呢，你们怎么样？那么早就写信说悄悄话，现在倒没动静了。"

我没办法跟她讲其中的原委，因为我都不清楚哪个环节出了错。那藏在漂流瓶里的秘密，他也食言地不肯告诉我。

Picture Six

后来我读大二,宋辰工作出色,得到出国进修半年的机会。

照片里的他在太平洋西海岸的岩石上站着,手里举着一样奇怪的东西。仔细一看,是我当年亲手剪下的辫子。我不由得鼻子一酸。

"用一个月饭钱跟他们换的。身体发肤受之父母,在古代,女子把头发交给一个人是了不得的,你怎能随手就抛给那个坏小子?"

我猜他现在正收到我先前寄出的那封信。信里说有个博士师兄正在追我,我在考虑,宋辰你说怎样?

我有些后悔,却也有些期待。我希望他皱着眉说:我觉得这个博士不适合你。带着点气呼呼的酸意。

这样多好。我一定会附和:我也觉得不行,既然头发都给了你,我就勉强跟你吧,你的小母鸡呢,甩了她好不好?

可是,他立即回信说:余芝楠,你是该恋爱了。如果他真待你好,我回国时将那束头发送给他。

我生气地给他回信:别吓唬人,你自己留着吧。可我心里高兴,因为同时我也知道了一个秘密:他心里有我。可他觉得我是发光体,而他尚且暗淡。我决定等他。

那年下半年,宋辰参加亚洲青年厨师大赛,得了季军。寄来的照片上,他亲吻着奖杯,旁边站着光鲜靓丽的小母鸡,她也穿着白色厨师服,是他的助手。他从没跟我说,她也跟着去了。

他说,因为表现不错,进修的时间延长到一年半。

Picture Seven

"楠楠,吃午饭啦。"妈在客厅里喊我。我合上相册推门出去,小姨小心翼翼地问："宋辰要订婚了，你知道吧？"

我点点头，不怎么敢睁眼，眼底全是脆弱的秘密。

"那你去参加吗？"

"请帖被我弄丢了。"我笑嘻嘻地挣脱小姨，往饭桌上扑去。

漫长的一年半终于熬过去，宋辰破天荒地打电话约我见面。我一下子从椅子上弹起来，"等我，五分钟。"我恨不能将所有漂亮衣服都穿到身上。

远远地就认出那个背影。许多年前，他斜背着书包在夕阳余晖里离去，留给我的就是这样一个背影。他总说我会发光，却不知道从那时起，在我眼里，他身上一直有一圈光晕，像是镀了金。

"嗨，余芝楠。"他转过身，弯弯的眉眼里闪着亮亮的光。

看看他手里捏着的卡片，我好奇地问他："什么东西？握这么紧，都被汗弄湿了。"

"订婚请帖，给你的。"他递过来，"一定要来哦！"

宋辰，你何时变得这样狠心，舍得让我忍痛去见证你的圆满！

Picture Eight

我还是去了，我不想让他遗憾。订婚场面很低调，只请了双方的重要亲属和几个同学老友。当年的飞车党头领在角落里举着杯子冲我诡秘地眨眼，我点点头，粉底盖住的红肿眼皮笑起来有胀胀的痛感。

"你和宋辰啊，真够折腾的。"卢婷语调欢快，"初中时你俩不就互相有意思吗？"

我诧异，打着哈哈，心里却痛着。卢婷似在忍着笑，"那时候，全班都知道宋辰喜欢你，只有你不知道。因为你，背地里他不知和那些男生打了多少架呢。"

我愣着,像在听别人的故事。

大厅里忽然静下来,只有轻缓的音乐像时光一样流淌。随着音乐慢慢朝我走来的是宋辰,他身后的投影幕布上开始播放一段 Flash,一张张翻过的是他同我一样珍惜的那些照片。青涩的我和青涩的他,在不同的人群里,用明明暗暗的眼神望向彼此。

"嘿,余芝楠。"他向我伸出手,把我拉进怀里,"对不起,让你久等了。我们相遇那么早,相爱也那么深,在配得上发光的你之后,我不能再浪费哪怕一分一秒。"

我抬眼,那一双弯弯的眉眼像能够自己发光的月亮。

"咔嚓",飞车党举起相机。

那张照片好奇怪,有谁见过穿着风衣参加订婚礼的准新娘?

有谁见过,在瞥见隐蔽处激动地抱在一起哭的妈妈和小姨时,瞬间破涕为怒的准新娘?

有谁见过,明白自己被所有人算计之后,还能脉脉含情一笑的准新娘?

那一对身影经过那么多年的孤军奋战,终于偎在一起被定格。

我将它插进那本相册的封底。十年的心事,用它来完美结局。

你留给我的都是下雪天

文 / 短发夏天

一

我没有想到会在北欧见到杨宇琛,在德国 3 年我们都从未遇到过,却在冰岛狭路相逢,像是早就安排好了似的,容不得我有半点抗拒或闪躲,我看到他,他也看到我,接着我低下头去,而他向我走来。

雷克雅未克机场只有一点点大,想要彼此错过是不太可能的,尤其是夹杂在一群高大的北欧人当中,我和杨宇琛都显得格外醒目。我还没来得及反应要怎么办的时候,我的教授约翰竟然挥起手朝他大叫:"嗨!杨!"

我有些诧异,不晓得他们认识,约翰却已经低头跟我解释说:"这位是我太太的学生,我早就想介绍你们认识了,但一直没有机会,没想到会在这里碰到。"

杨宇琛就这样以一个光明正大的理由朝我走来,他与约翰握手、拥抱,等约翰一一介绍我们这群人。介绍到我时,我与杨宇琛没有任何眼神交流,我没有看他,也感觉不到他在看我。我们一行八人,去北极进行考察,冰岛没有铁路,我们只能租车,于是约翰就很自然而然地邀请杨宇琛跟我们一起。四人座的越野车兵分两路,我和杨宇琛因为娇小而挤在最后一排。坐到他旁边的一瞬间我忽然有一种从车上跳下去的冲动,我宁愿在这冰天雪地里走路也不想离他这么近。

是,我恨杨宇琛,如同任何一个女孩憎恨自己的前男友,甚至不需要太多的理由，一次心碎就足够铭记很久。而但凡情侣之间的恨，无外乎是因为爱。

第一次遇见是在新生大会的后台，我和他都是学生代表，一人一篇演讲稿。第二次是在英语演讲比赛上。第三次是在高级餐厅，我爸妈带我出来吃饭，恰好碰到他与他的父母……似乎所有的一切都顺理成章，我觉得杨宇琛简直就是为我量身打造的，只等着恰当的时机出现。

然后他就出现了，高一的下半学期，那一天也下着雪，下课后所有的人都兴奋地在走廊上跑来跑去，头发上都是雪花，杨宇琛穿过拥挤的人群，一点一点朝我走过来，对我说："我们在一起吧。"

他那么的笃定，让我一时产生了错觉，以为我们本来就是在一起似的，于是我说："当然。"

那是我第一次恋爱，我的17岁，恰当的时间恰当的人，仿佛天生注定，而我也以为我们会走到地老天荒去。但两年后他却跟我分手，原因是他要出国念书了。分手来得猝不及防，而自尊不允许我有半点挽留。我咬咬嘴唇，潇洒地说"好"，回到家后就跟我父母说："我要去德国念书！"

我在柏林，杨宇琛在慕尼黑。柏林到慕尼黑只有5个小时的路程，但我从未去见过他，他也没有找过我。偶尔他在群里跟大家聊天，我看到了，从来不插嘴。也有时，我在社交网站上发言，看到杨宇琛来浏览过我的主页，但从未留下过只言片语。

就是这样奇怪的关系，我们离得这么近，却像是根本不认识一般。整整3年，我一直幻想着我们的重逢，或幻想着永远没有交集的未来。人生第一次，我觉得感情是一件很复杂的事情。

二

这次科考项目需要做的工作太多，我们一路上马不停蹄，又是拍照又是采样，到了吃饭时间，我们在餐厅里遇到了另一批中国人，他们是来旅游的。杨宇琛一见到他们就主动过去打招呼，约翰饶有兴趣地看着杨宇琛说："那是个很奇怪的男孩，对世界很热情，也很好奇，像个小孩子，很单纯。"

"我不觉得，"我说，"他不是那样的人，他一直活得很冷峻，是那种典型中产阶级的小孩，长袖善舞，运筹帷幄。"

约翰诧异地挑起眉毛，思索一会儿才说："也许你并不了解他。"

没想到他会这样说，我已经告知他我和杨宇琛曾经的故事。愣了一下，回头去看杨宇琛，他正兴致勃勃地跟人交流着汽车技术。

我忽然觉得，也许我真的不了解杨宇琛呢。

我心目中的杨宇琛就是一个完美的男孩形象，高大英俊，见多识广。记得有一次圣诞节，我们出去看电影，他忽然指着路边的圣诞红道："其实那些红色的不是花，你看这些花瓣都是从不同的枝上发出的，上面还有叶子的脉络，所以你看到的那些其实是叶子。"

在我心目中他就是个无所不知的人，他的想法总是与其他人不同，我热爱杨宇琛，并非是因为完美，而是因为古怪。

可是，我怎么会爱上一个古怪的男孩呢？

采集完新的火山灰和海水之后，这一天的工作就结束了。为了节省开支，晚上大家要住在露营区。

为了取暖，教授从背包内拿出威士忌，没有杯子，大家只好轮流喝一口。忽然间我开始想念杨宇琛，忍不住把手伸过去拉住他的袖子，他转过头来看我，过了一会儿才伸出手来，把我揽进怀里。我忍不住小声说："你知道我为什么会去德国念书吗？"

"知道。"他说。

"那么，为什么当初你要离开我？"

"我不知道,小西。"他用力地握了握我的肩膀,把我的一只手拉到手心仔细地看,很久后才说,"我们根本就不是同一类人。我不确定跟你在一起会不会让你失望,所以只好一走了之。"

"怎么会呢?"我简直快要哭了,"这分明就是借口,我们就是同一类人啊!"

"不是的。"他声音很小,却很坚持,像冰岛的冬天,沉默而坚硬,不由得任何改变。

接下来的几天,我再也没有跟杨宇琛多说过一句话。

回到雷克雅未克,杨宇琛与我们告别。我也说不清是解脱还是不舍,面无表情地上了车,约翰却把一封信交给我,说:"是他给你的。"

我犹豫着,终于拆开了那封信,10分钟后我大叫:"停车!"

约翰吓了一跳,问:"怎么啦?"

而我已经来不及回答,跳下车就朝相反的方向跑过去。那末日一般的大雪淹没了来时的方向,天色渐暗,整个世界都变得灰暗而寥落。我大声地叫着杨宇琛的名字,但风声覆盖了我的声音。跑了很久我终于累了,跌倒在地上,恰好看到天空闪了一阵墨绿色的光。北欧神话里说看到绿光,就代表会幸福。如今我看到了那样的光,心里却呜咽起来。

三

"其实并非是跟你偶遇,而是在 facebook 上看到你要去冰岛的消息,才特意去订的机票。我一直觉得欠你一个交代,关于很多年前我们的分手,我无法解释我离开的原因,只是忽然有一天,我对这样的生命充满了厌倦。"

这便是杨宇琛的信。

"跟你在一起的那两年是我整个人生中最快乐的时候，你的一举一动都足够吸引我，有时我甚至困惑怎么会有像你这样的存在。我曾想过我们的未来，那样的日子一定不差。但那并非是我的追求，我不愿追求大众意义的幸福与成功，却又不敢跟你说，害怕你不能接受。后来，我想假使不能让你幸福，那么狠心离开，也许也是一个不错的办法。"

"再一次出发之前，我突然很想再见你一面，也说不清是为什么。我想我还是爱你的。假使还有将来，我希望我们还有机会见面，坐下来一起喝杯酒，聊一聊各自的人生。假使没有，那么时不时地想起你，我大概也会觉得幸福。希望你一切都好，会快乐，会幸福，会忘记我，没有我的人生，我相信你也一定可以尽善尽美的。"

可是你怎么能够确定呢？怎么可以这样自私地认为失去了你，我也一样可以好好地活下去，怎么可以断定我就不会接受你想要的生活？你又怎么知道我不会背弃拥有的一切跟你一起出走？

我此时终于明白，如果我的后半生没有他的参与，那该是多么让人伤感的事情。

约翰跟太太通过电话后才知道杨宇琛已经辍学，他铁了心要去流浪，在这么浮华现实的当下，去完成一个复古的愿望：他要去环游世界。

回至旅馆后，我写了一封很长的信给父母，接着处理完大部分的事情，跟教授告别，决定去寻找杨宇琛。

约翰很赞赏地看着我说："认识你这么久，我第一次觉得你会发出光来。你们现在这些小孩就是太功利了，还没有体验过做梦的乐趣，就已经从梦中醒来。"

我不知道我是不是做了错误的决定，我只知道我一定要找到杨宇琛，告诉他那世俗的人生，其实我也是可以抛弃的。我并不怕吃苦，也不怕一无所得，我怕的是我错过了这世上唯一的一个杨宇琛。

在游轮上我看到了另一只与我们擦肩而过的小船，我大声地朝船主喊："喂，如果你见到杨宇琛，一定要告诉他等一等我！"

他当然是听不懂，但还是举起胳膊同我挥手。忽然又下起雪来，一片片硕大的雪花在海上凝结，那都是我思念你的痕迹。而你留给我的那些雪天最终都会褪去，融化成温暖的河流，流向生命的尽头，伴随着我的整个人生，那么长久。

杨宇琛，我一点都不怕的，我一定会找到你。

我知道一定会的。

后海里的鱼都知道我爱你

文/陈若鱼

瞧,那个大红色的电灯泡

程嘉应从西雅图回来那天,江织里去接机。

她翻箱倒柜地找出那件大红色的灯芯绒棉袄,还是忍不住鼻子泛酸。这个唯一可以见证他们做过一天情人的纪念品,已经变得皱巴巴了,鲜红的颜色像是被时光蒙了一层纱。

在机场,程嘉应一眼看见打眼的红色,隔着人山人海朝她挥手大喊:江织里!我在这里!

织里看见他在人群里像只长颈鹿,瞬间就信了美国汉堡能长高的戏说。织里正想扑过去来个熊抱,但看见他旁边的金发美女后,她如花般的表情顿时就蔫了。程嘉应把织里跟那个异国美女互相介绍后,就兴奋不已地一边对织里说中文,一边对洋妞说英文。至于他讲了什么,织里没心思听。织里只知道程嘉应拍着她的肩膀跟洋妞说了一句:她是我哥们儿,打小一起长大的。

那一句"哥们儿"顿时冰冻了她如火的心,身上红灯笼一样的棉袄让她觉得自己逊毙了。经过机场里的大镜子时,织里恨不得把它扒下来,而程嘉应右边的异国美女一脸自信地昂首阔步,与程嘉应说说笑笑,恨不得要亲上他的脸。

程嘉应似乎全然不记得这件大红色的棉袄了。

机场里人来人往,织里总觉得看见他们仨的人都在说:Hey,你瞧那个大红色的电灯泡。

后海里的鱼,一定听到了

织里以老情人自居的心态去接机,却顶着电灯泡的头衔回来。程嘉应回到家后,三天两头打电话叫她去参加他的哥们儿聚会,被织里全数拒绝。

织里一直不会忘记,高三那年,程嘉应在情人节前夕惨遭失恋,但是又和哥们儿约好情人节要带女朋友一起去后海喝酒。他焦头烂额地趴在桌子上,让织里给他出主意。

你可以带我去呀,织里揣着一颗小心思说。

别闹了,谁不知道你是我哥们儿啊,而且谁让你没事瞎吃长那么高。

他瞥了织里一眼,继续唉声叹气去了。

请我去我还要考虑呢!织里故意仰着头大声说话,撇过头看窗外光秃秃的枝丫。

最后程嘉应打肿脸充胖子,还是拉着织里去了。织里印象深刻,他嫌弃她的打扮太像个爷们儿,专程上街给她买了件大红的棉袄。那天程嘉应看着比他高出半个头的织里,撑着下巴说:其实,如果你比我矮,我就不用那么苦恼了。

在后海,织里和他的一群朋友胡吃海喝,大家都醉意朦胧,想在石桥上吹吹风,程嘉应上台阶时一个趔趄扑在织里身上,硬生生把她从围栏上挤了下去。就在织里落水之际,听见程嘉应惶然地大喊:谁会游泳啊,快来救救我哥们儿!

织里想，大概只有她和后海里的鱼，听到她湮没在水里的呐喊：我他妈不是你哥们儿！

长得比你高，才能正视你的眼睛

程嘉应回北京一个星期后，在织里的公司楼下堵到了她。

他开口的第一句话就是：江织里，Don't you want me？他倚着柱子，流氓的姿势，玩笑的语气，却让织里险些落泪。

滚！大爷我可忙得很。织里大步走在前头。现在他比织里高出半个头，织里竟然连直视他的勇气都没有了。他追在后面问她，有没有男朋友？什么时候带他跟这个娘家人见见。她说当然有啊，都见过家长了，等哪天有空就介绍他认识。她说得违心，他听得开心。

江织里和程嘉应打幼稚园就认识了，一直到高中，再到同一所大学。高三情人节那晚，织里掉在水里，还是不会游泳的程嘉应救了她。织里在医院醒来后，看见他躺在她旁边的病床上，医生说他只是发烧睡着了。织里蹑手蹑脚地下床，趁人不备，在他唇上印上了她的初吻，一颗心如小鹿乱撞。

大二毕业后，程嘉应去了西雅图。

那时，嘉应174cm，织里176cm。在机场的候机室里，织里哭天喊地跟他告别。程嘉应却说：你作为一个身高176cm的女人，这样哭起来太惺惺作态了。织里便强忍着山洪暴发一般的眼泪，看着他走进了安检。北京的凌晨三点，织里接到他越洋报平安的电话，他在那头哭得声嘶力竭。他哭完说：原来，174cm的男人哭起来比176cm的女人更惺惺作态。吃饭时，程嘉应捧着柠檬汁跟织里说：江织里，自从我长得比你高后，才能正视你的眼睛。

这世界只允许小个子楚楚可怜

尽管织里说,有男朋友了,程嘉应依然肆无忌惮地耍流氓,仗着比她高了,大街小巷上都揽着织里的肩膀。

你的洋妞呢?织里故意漫不经心地问。

她只是我在飞机上认识的,下了飞机自然各奔前程啊。他轻松地回答。

你耍流氓啊!织里故意大声,心里却乐开了花。

织里的妈妈在市区里看见了和织里勾肩搭背的程嘉应,二话不说把程嘉应拖去了家里。显然是把程嘉应当成了未来女婿,任凭织里怎么解释都不听,眼睁睁看着母亲大人拆穿了她的谎言。

趁着妈妈进去倒茶的当儿,织里拉起程嘉应就冲下了楼。

程嘉应边跑下楼边说:江织里,你骗我!这么多年,你竟然都没有恋爱过……程嘉应记得他在西雅图的时候,打电话问织里恋爱情况,她说恋爱了,过两天说又分手了,他还笑她分手比翻书还快。

织里装作没听到,拉着程嘉应的手,跑了很久很久。耳边呼啸而过的风,像一声声的嘲笑,嘲笑她的胆怯。这么多年来,她只喜欢他一个人,却什么也不敢说。

这种由感情萌生的爱意,在没有十拿九稳的情况下贸然说出口,往往就变成友情的终结。关于这点,江织里很清楚,程嘉应或许也明白。

那晚,织里什么也不说,拉着程嘉应去大排档喝得酩酊大醉。他不明就里地陪着她喝,他说你怎么突然矫情起来了。织里蓦地站起身举着酒瓶对他大喊:难道这个世界,只允许小个子姑娘楚楚可怜,我江织里偶尔脆弱一下就要被当成矫情造作吗!你给我滚!

程嘉应当场愣住。

第六层,响起你的名字

织里的家在靠近通州的老城区,六楼,没有电梯。

房子外面没有路灯,只在每一层楼道里装有声控灯。织里在没有喜欢程嘉应之前,都是大喊一声自己的名字来点灯。从初三开始,她晚上放学回家站在一楼的楼道里喊"程嘉应",每一层喊一声,一直到六楼,喊了十几年。

对于这种只能藏在心底的爱,最细小的安慰莫过于,一喊他的名字,就有光。

从上次跟程嘉应喝得烂醉如泥之后,织里又开始找借口不见他。她一直在纠结,是否要向程嘉应表明自己的心意。

两个星期后的晚上,织里下班回家,照旧从一楼开始喊。程嘉应,程嘉应!

在六楼时,灯如常亮起来。

江织里,你……

她吓得立即抬头,看见倚靠着她家防盗门一脸震惊的程嘉应。还有一层台阶,织里悬空的脚突然就不知道往哪里放了。

程嘉应似乎还没回过神来:因为你一直都躲着我,我只好过来了。

织里直直地看着他,不再说话。四周寂静无声,声控灯也灭了。黑暗里,似乎只能听见两个人的呼吸。

只是,你的名字比较顺口……织里说话,灯也亮了起来,可是话还没说完就被程嘉应打断了。

江织里,你明明是暗恋我……喂,你别跑!

织里哪里肯听,疯狂地迈着她的长腿,噔噔噔跑下楼去了。

自从声控灯事件以后,织里彻底躲起来了,电话、Email、MSN 全数屏蔽程嘉应。

为什么要躲他，织里也说不清，反正就是害怕。或许每个人能这么无限接近自己多年的梦想时，都会和织里一样忐忑不安。

第四天晚上回家，织里上到第六层，想想还是喊了一声"程嘉应"，灯光亮起，空气里平白传来程嘉应的声音：我在。织里猛地抬头，发现嘉应从七楼楼梯往下走。织里又想跑，却被嘉应冲上来一把拉住手腕，逼到角落里。

"江织里，你知道吗，其实这么多年，我一直都喜欢你，只是你一直把我当哥们儿看，我出国前还试探了好几次。这次回北京，第一个想见的人就是你。"

给程嘉应这么一说，江织里还委屈了，明明就是他把自己当哥们儿。"程嘉应，我喜欢你没错。从前你总嫌弃我比你高，我跟你当了十几年的哥们儿。唯一是情侣的一天，你还是喊我哥们儿，你让后海里的鱼都嘲笑我了。"

织里紧张地喘着气，"所以，你现在就给我到后海去，告诉那些鱼我不是你哥们儿！"

这个，要怎么说啊。程嘉应挠着后脑勺问。

当然是跳进后海，大喊一声：江织里，我爱你！

织里只是说说而已，没想到程嘉应真的拉着她就去了后海，当着她的面跳了下去。

不一样的是，他喊——江织里，我一直都爱你！

我们始终没能牵手旅行

文／苏络离

一

我的家乡是个旅游胜地,全国各地的人都往这里跑,我爸曾撇着嘴不屑地说:"一群神经病。"

可就是这群他不屑的神经病拐走了他的老婆。那年我七岁,我爸的哭声凄厉绝望,他掐着我的胳膊说:"小涵,那些四处旅游的家伙没有一个好东西。"

我爸把客栈改建成一座小型的制酒坊,成天喝得酩酊大醉。他不管我,我就去找镇上其他小孩打架,渐渐地变成了镇上有名的坏小孩。

我讨厌那些游客,暗地里没少使坏,扔石头、划衣服、吐口水。一次,我变本加厉,用小刀划开皮包偷东西,没想到一只大手猛地扣住我手腕,"你在做什么?"

我的双耳嗡嗡作响,心跳如雷,突然有人冲上来就是一口,咬在那人手腕上,趁着对方痛叫松手之际,抓了我就跑。

跑到没人的地方,我用力甩掉他的手,"霍景森,别以为我会感激你!"

我讨厌这个男孩,他家里只有个老太婆,还有一条瘸了腿的大黄狗,靠一间破旧的杂货店为生。镇上小孩都爱欺负他,其中以我最甚,可他从不反抗。

和我相反,霍景森特别喜欢亲近那些游客,每当他们说起各地的风光见闻时,他总是听得特别认真。

我嫌弃地说:"这有什么好听的?"

他说:"我……我爸妈可能也去过那里。"

"你爸妈早就死了!"

他坚持,"没有,他们只不过是出去旅行。"

镇上大人明令禁止小孩再跟我来往,其他人见了我拔腿就跑,所以我勉强忍受霍景森像条小尾巴一样跟在我屁股后头。

二

我们就这样长大了,我变成了一个制服叠得整整齐齐的优等生,霍景森个子比我还高一个头,但成天做什么都没干劲,只有被我斥责的时候,才会露出无辜又无害的傻笑。

我已经决定将来要做导游,小镇的旅游业发展得越来越好,我从来没想过要离开,可那到底只是我的想法。

高二的暑假,霍景森突然对我开口:

"徐青涵,我想出去旅行。"他的表情,很认真。

我们开始冷战。霍景森攒钱买了辆单车,开始了他的旅行计划,最初只是出去三五天,后来去的地方越来越远,时间也越变越长。

每到一处他都会寄明信片:

"徐青涵,这里的天气很好。"

"徐青涵,日出原来这么漂亮。"

"徐青涵，世界比我们想象中要大得多。"

我才明白其实霍景森并不懦弱，对于他自己想做的事情，他会坚持到底。

但我不原谅他，他背叛我。

距离高考还有一百二十一天的时候，霍景森对我说："我要骑车去拉萨。"

我动了动嘴唇，到底什么也没说，我清楚他这么做意味着放弃高考，可是我说不出劝慰的话来。

霍景森加入了一支去拉萨的车队，向着他的梦想驰骋而去。他是我见过最有勇气的人，只是太残忍。我在地图上用红笔将路线标出来，加粗，重描，在想象中陪他路过漫长的风景。

他依然给我寄明信片，我用橡皮筋全部扎成一沓，从不翻看。

霍景森再度联系我的时候是一个深夜，我睡得迷迷糊糊，"徐青涵，我……"他的声音略微有些抖，"我们队上有人死了。"

我愣住，下意识地抓紧话筒。

"有个小伙子逞能，环山下坡时松开了手闸，过吊桥的时候没刹住，整个人都栽下去了。

"警察根据包里找到的联系方式打给对方亲人的时候，我在旁边听着……那种感觉就像在做梦。徐青涵，我无法想象如果有一天，电话那头的人，是你，你会怎样。"

我多想对霍景森说，那你回来吧，不要再去经历那样恐怖的危险，不要再去我够不到的地方，不要让我们的人生越走越远，好不好？

可我说不出口。

三

高考结束，我没等回霍景森，却等到老太婆过世的消息。老太婆只有霍景森一个孙子，却也不在身边，竟是孤独终老。

七天后，风尘仆仆的霍景森出现在我家院子里，神情憔悴至极，也不知过了多久，他艰涩地开口："台风，航班停开，我想尽了办法，还是，没赶得及……"

他慢慢走到我面前，高大的身影整个覆盖住我，然后俯身，额头贴上我的额头。

"你来迟了，她已经下葬了。"

我脸上忽然一凉，原来是面前的人咬紧牙关，竭尽全力，却依然阻止不了眼眶滚落的大滴泪珠。

那是我第一次看他落泪。

从今往后，霍景森成为真正的孤儿，天下之大，却不再有他可以回去的地方。

所以我才觉得他残忍。明明我们都是被留下来的那一个，凭什么他就可以肆意地离开，我却只能在原地等候？

他从来没问过我"要不要一起旅行"。

我努力抬头，"霍景森，我不可能永远在这等你回来。"

他说："我知道。"

四

我要去读大学了。临行那天，我在候车室坐了很久，我憎恨和火车有关的一切，它带走了我重要的人，先是妈妈，然后是霍景森。

现在轮到我。我深吸一口气,提起行李向前迈去。

大学生活比想象中更为有趣,霍景森说得对,这个世界的确很大,不是只有小镇那片天。

我又陆续收到他寄来的明信片,却无法联系到他。

我开始利用短假期旅行,去了那个"天气很好"的城市,还去了那个"日出很漂亮"的山顶,连我自己都没意识到,我正在沿着霍景森的足迹逐一前行。

旅行结束后我大睡了一场,梦里迷迷糊糊地好像听见有人在喊我:"徐青涵,外面有人找。"

我下楼的时候是傍晚,视野还很朦胧,他的剪影就模模糊糊地嵌在里面。

我张了张嘴,以为自己还在做梦。

后来我问他,你就那么放心把我留下来,不怕我会因此爱上别人吗?

霍景森笃定地看着我,说,不管你身边站着什么人,不管你心里爱着什么人,徐青涵都永远会是霍景森的归宿,永远。

五

大学四年,朋友都知道我有一个隐形男朋友,但在所有重要或艰难的时刻里,他却始终不在身边。

霍景森平均两个月来看我一次,两三天的相聚之后,他总是会给我一个拥抱,重重一搂,然后说"保重"。

大四那年发生了地震,那天夜里,我被突如其来的震动惊醒,室友们惊慌地夺门而出,我浑身都是冷汗,握紧手机拼命往前挤。跌跌撞撞的推搡中,手机突然响起来。

"喂喂！……徐青涵！你在哪里？你还好吗……"

信号太差，我只能听见几个模糊的字眼，刚"喂"了一声，旁边就有人撞了过来，手机没握稳，"啪嗒"一声落在地上。

那一瞬间我几乎崩溃，随着人群冲下楼，疯了一样往大门的方向跑，快要跑到时却猛然想起来，我甚至不知道霍景森此刻在哪里。

就在我崩溃痛哭的时候，身后突然响起微弱的声音。我回过头，看到满身狼狈的霍景森。

那一天，是我21岁生日的前晚，他提早过来，打算给我一个惊喜。

劫后余生，我终于流着泪对他说出埋在心里的话："带我走，好不好？"

他与我十指相扣，温柔点头，"好，我们下次一起去旅行。"

可那是一个注定无法实现的约定。

那天过后，大概是为了安抚我，霍景森留了下来，在学校附近租了房子。他找了份相对稳定的工作，收入虽不高，我却心满意足。

临近毕业，我渐渐变得忙碌。那一天，论文总算通过了，我心情极好，推门时却见满地凌乱，霍景森正在收拾东西。

我变了脸色，"你在做什么？"

他平静地说："你如今已经打起精神来了，我可以放心离开了。"

我的大脑一片空白。

"你答应过，要带我一起走的。"

他笑笑，声音里带了点纵容的无奈，"你知道的，这不可能。"

可我还曾经幻想过，有一天我们可以牵手旅行。

我哈哈大笑，任冰冷的眼泪流了满脸，心如死灰。

那是我这一生最后一次为霍景森流泪。

第二天清晨,我接到来自家乡的电话,听到我爸喝醉酒,中风发作,从楼顶摔下来跌断腿的消息。

我的世界轰然倒塌。

我与霍景森之间的依恋与陪伴,试探与回应,纵容与惩罚,孤独与安慰,痛哭与伤害……全部在现实面前被撕得粉碎。

六

故事到这里已经结束了。

我爸中风又摔断腿,变得有些神志不清。为了给他治病,我卖掉了酒坊,辗转去外地求医,等到他病情稳定下来,便留在了那座城市,后来就认识了我现在的先生。

29岁那年,我准备结婚了,部分手续要在户口所在地办理,我只好回了一趟小镇。

小镇的旅游业发展得如火如荼,老太婆的杂货铺变成了酒吧,爸的酒坊也被改建成了咖啡馆,我进去点了一杯咖啡。

年轻的服务员十分热情,告诉我他们店里正在举行一项活动。

"我们咖啡馆开业至今,每隔一个星期都会收到一张寄给同一个人的明信片,这些年来从未间断过,就算退回去也总是查无此人。店长索性把明信片全部收齐,最后变成了店里的一大风景。我们猜明信片真正要寄的应该是这儿以前的主人,就发起了这个活动,叫'寻找徐青涵'……"

我眼里看到的全是那个人,他在新疆骑马,在甘南逗牦牛,在内蒙古挤羊奶,在敦煌拜人佛,后来景色变成了国外,他在泰国骑大象,在巴黎喂鸽子,在新西兰跳伞。

眼前的景物逐渐变模糊,眨一眨,又变清晰,接着又模糊。

我把店里的明信片一张张看完,最近的一张寄自两个月前。

"给徐青涵:如果可以回到过去,我想揍那时候的自己,我只是有点遗憾。"

我知道他在遗憾什么。

年轻的时候,总有这样那样的固执,爱上一个不愿为你停留的人,他甚至不愿和你一起走,如今想来,原因不过是担忧着对方的未来,同时恐惧自身的责任。

其实我也很遗憾,我们始终没能牵手旅行。

那个恶念叫情非得已

文 / 7号同学

在豆瓣上有一个稍纵即逝的恶念小组,上面记录着网友们各种各样稍纵即逝的恶念。有人曾经想给情敌灌毒药,有人想端着盘子朝别人头上砸去,有人想给妹妹下毒,更多的人,是像我一样,想杀死一个人。

我的恶念,并不是稍纵即逝的,它已经存在于我的脑海中许久许久。

我想杀死介蓝。

一

介蓝是我的男朋友,其实在三个月之前他还是别人的男朋友。那个别人是我的好朋友苏紫。

在介蓝和苏紫相恋了三年之后,苏紫开始反感他的头发自来卷,嫌弃他的皮肤太黑,更讨厌他小气巴拉的样子。于是,苏紫和他分手了。

介蓝失恋的那个夜晚,他拨通了我的电话:"安橙,我失恋了,你陪我聊聊天好吗?"

当我来到学校东门的小吃摊的时候,介蓝已经微醉,趴在油腻腻的桌子上呆望着漆黑的夜空。

好像喝酒已经成了失恋的人必备的武器，而每个失恋的人都每喝必醉。介蓝醉了，他突然站直了身子，一口咬住了我的嘴唇，含糊不清地说："安橙，要不，我们就在一起吧？"

我喜欢介蓝，我知道，他知道，就连苏紫也是知道的。

介蓝和我表白后的第三天，苏紫给我发了短信：我们不再是朋友了。

二

和介蓝在一起之后，在一些人眼里我成了不折不扣的"小三"。很多人用不可思议的眼神看着牵手的我们，流露出赤裸裸的鄙夷。

后来甚至有人在我们下楼的时候偷偷地向我们砸了一个西红柿，西红柿砸在了我浅色的运动裤上，开出了一朵红色的花。我终于忍不住哭了，介蓝有些无奈地拿着纸巾给我擦眼泪，"你别哭了，乖，回去换条新裤子就可以了！"

他看着我，目光是从未有过的温柔，我的心突然就像小说里写的一样变得柔软了。

这个大三的期末，本来有望拿奖学金的我因为恋爱却亮了全盘的红灯，我并没有多难过，因为暑假介蓝和我同时在一家小公司找到了一份兼职，他是设计师助理，我在财务部打杂。

而我们去实习的第一天，我却看到了苏紫，她就在我们楼下的公司实习。

我们一起站在电梯前等电梯，苏紫看了我们一眼，冷笑着没有和我们打招呼。而介蓝突然抓住了我的手，很用力地抓住了，低下头来在我的耳畔低声问："下班后我们去吃你最喜欢的川菜，庆祝一下好吗？"

那是我第一次在心中浮现想杀死介蓝的念头，这个念头很快就被我摒弃在脑后，我笑着对介蓝点了点头。

我不能吃辣，吃辣就会长痘痘和便秘，而我还是在下班的时候和介蓝一起去了川菜馆。我问介蓝："你为什么会选择这个公司呢？你是学产品设计的，但是我们公司是平面设计公司……"

"因为这里离我们学校比较近，而且我们可以在一起。"介蓝笑了，给我夹了一大筷子红红的水煮鱼。

我记起来了，喜欢吃川菜的那个人是苏紫。

三

实习的日子，我和介蓝还是住在学校里，我们每天一起上下班，在一起的时间比以前在学校里要多很多。介蓝对我的好是有目共睹的，公司里的同事都说："安橙，你真幸运，有个这么好的男朋友。"

可是，为什么我觉得不快乐呢？

我和介蓝一个星期总会在电梯里遇到苏紫几次，她穿着职业套装，把头发盘起来，露出了光洁的脖子。每当这个时候，介蓝总会握紧了我的手，目不转睛地盯着电梯里的广告。

从一层到十三层的短暂时间，是我每天最难熬的时间。

我开始惴惴不安。

介蓝的手机和电脑都上了密码。那天，一个闪念令我想起了一组号码，趁介蓝去卫生间的空隙，我迅速地在他的手机和电脑上输入这组号码，结果，密码全部解开。我心里特别难受。

因为，密码是苏紫的生日。

不久，我又找了一个机会，把他电脑的桌面换成了我的照片，把从前苏紫买的那些衣物都给丢弃掉了，在介蓝的衣柜里放上了我买的衣服。就在我把介蓝手上的戒指脱下来换成我买的戒指的时候，他终于按捺不住了。

"你这是在做什么？要把我打上你的标签吗？"

"你是我的男朋友，我这样做有什么错吗？"

介蓝摇了摇头，没有再说什么，但每天按照我的要求给我打电话，有应酬绝对不超过11点回学校。他还经常给我送礼物，周末陪着我逛街吃饭，成了一个二十四孝的男朋友，甚至把手机和电脑密码改为我的生日。

七夕那天他带着我去了游乐场，指着摩天轮问我："你不总是说要去坐摩天轮吗？走，上去吧！"

那一刻，我很想杀死介蓝。他一点儿都不记得，我有恐高症。

介蓝最终有些抱歉地看着我，"对不起，安橙，我记错了。"他是那么诚恳，为了表达歉意还带着我去了海边，陪我过了一个浪漫的七夕节。

介蓝对我很好我知道，但是这样对我来说并不够。

每个陷入爱情里的女孩都有想要吞下一头大象的野心，我想要的还有他的心。

四

在实习的最后一天，我们遭遇了一个事故。

那一天下班之后，我和介蓝因为收拾东西而成了公司最后走的人，电梯来到十楼的时候刚巧苏紫也进来了，大大的电梯里只有我们三个人，却显得特别狭窄。

我默数着层数，盼望着快点儿到。而就在第三层的时候，电梯突然震了一下，然后就停了下来，电梯内瞬间一片漆黑。

我顿时有些慌乱，而苏紫也带着哭腔开口了："我怕。"

黑暗中突然出现了一点儿光亮，介蓝打开了手机，他按了急救按钮，然后对我们说："别怕，很快就有人来救我们了。"而他的眼神却是看着苏紫的。

似乎过了一个世纪那么久，直到我的呼吸都有些困难，外面终于有了响动。终于有人来救我们了。维修工撬开了门，正在我们准备出去的时候，电梯突然又动了起来，它猛地往下坠。

我和苏紫走在前面，一只脚都已经踏出了电梯，介蓝走在后面。在电梯动起来的那一刹那，介蓝用力地扯住了苏紫，把她拉向自己的身边，而我反应够快，最后只是摔倒在了电梯里，蹭破了皮。

介蓝在这个时候回过头来看我，伸出手想要把我扶起，我轻轻地挣开了他的手，从地上站了起来。

五

我和介蓝分手了，他来找过我几次，可最后我还是狠心地挂掉了他的电话。大四这一年，我在外面找了份实习工作，一整年都没有回过学校。后来我听说介蓝和苏紫还是走回到了一起。

毕业的时候，我回到学校参加毕业典礼，在人群中，我看到介蓝和苏紫朝我走了过来。很奇怪，我的心里却很平静，我还和他们拥抱在了一起。

回去的时候，我在豆瓣发帖：从前我总是想杀死一个男生，因为我喜欢他，而他的心不在我这里，可为什么分手了之后，我对他却一点儿恶念都没有呢？

有人这样回答我：因为你已经不再爱他了，因为你要的爱是满满的。

我的脸埋在饭盒里永不抬头

文／陈小愚

一

得知你将要结婚的消息,我像随身携带了颗定时炸弹般无法安宁。我连祝福你都不能够,因我于你只是个陌生人,即使我们生活在同一城市,距离三站地铁,四条街,一条长长的人迹罕至的老巷子。

老巷子的那头种着高大的皂荚树,秋天叶子飘落,踩上去发出沉闷的声响,像岁月的呻吟。沿着围墙走,一直走到路口,有个人形铜质雕像,孤单地立在一片已经荒芜的花坛中沉思。我常常徒步到那里,坐在旁边落漆的椅子上,跟它聊你的事情。

我第一次见你,是在大一迎新晚会,你大二,受邀来我们学院表演,一群黑衣仔裤的男生中,你最高最显眼也跳得最好,在舞台上闪闪发光。演出中途,我跑到走廊里接听电话,走廊里黑漆漆一片。我蹲在最暗的角落,听我母亲在电话里哭诉,我的眼泪忍不住落下。不知过了多久,有人拍我的肩,问我有没有事。我吓了一跳,回过头,就看到了你。

我站在黑暗中,你站在手机照射的光亮里,笑得很温暖。人们称之为一见钟情,对我来说却不单单如此,好像我前世就惦记着你一直惦记到今世。

我断断续续找到关于你的信息,知道你的学院你的班级你的宿舍你的人人账号。每天下课,我骑着自行车绕很大的圈从教学楼前经过,再往男生宿舍后的小道上骑。有次你宿舍的阳台上出现一个人影,我想努力看清是不是你,没注意看路面,连人带车扎进芦苇丛中,脸被刮花了。

据说大多数情侣到最后总是要把对方弄得遍体鳞伤,才算证明他们相爱过。可是你看我啊,不要你动一点念头,也能把自己弄得支离破碎。

第二次见你,你和你的一群朋友,坐在敞篷的车子里招摇地嬉闹。车子从我身边开过时,有人吹了口哨,我知道那口哨绝不是吹给我,而是吹给我前面那位长发飘飘的美丽姑娘。我在后面,捧着饭盒,很想把脸埋在饭盒里,永不抬头。

所有单恋都可以总结为自卑在作祟。你根本不知道,毕业后我回过一次学校,走过那段走了无数次的去往食堂的路,与那个想要把头埋在饭盒里的姑娘重逢,我多希望可以和她交换,把现在的我换给当年的她。

第三次见你是在大二的平安夜,天气预报有雪,不知是谁的传言,在平安夜下雪时许一个愿望,来年愿望就会成真。入夜后,我和同学一起等雪,两个人傻傻地裹着羽绒服坐在宿舍的阳台上等。我看到你牵着一个姑娘从那头走来。那姑娘手里捧着大束的玫瑰,你一直牵着她,生怕她摔着。

我在那天晚上暗自衡量我与被你牵着的姑娘的差距,远得叫人绝望。那是我第三次见你。每一次,我的世界都是那么狼狈。

二

大三我去日本做交换生,我下定决心用一年的时间把自己改头换面。去了日本我也没有停止关注你的消息,甚至弄到了你的微博,在大阪学习烦闷的日子里,我常常翻出你的微博看一看。

有天你发了条微博:我能想到的最幸福的事,就是做一份自己喜欢的工作，娶一个相爱的姑娘，养胖一群猫狗。

能和你相爱的姑娘，该有多幸运。

半年后，我听说你和那个姑娘分手了，还听说你出了车祸。隔着千山万水，我在陌生的国度为你揪心。

而车祸带来的后果是，你的微博闲置大半年之久，我每天点开忧愁就更多一点。因为你杳无音信，我把你过去的微博看了一遍又一遍，你说过的句子我快能倒背如流。

我从日本回来你已离开学校。我有时会问自己，当初如果不去日本，我还有一年的时间可以在学校里寻找与你相遇的机会。可我认为，你不会喜欢那种只是躲在暗处观察你的姑娘，你喜欢那种发光发亮的姑娘，喜欢自信的有明媚笑容的姑娘。

在日本，住在隔壁的美野里小姐不仅教会我化妆，还教会我喝烈酒。她以前有个男友，她每天都做好饭等他回来一起吃。有天男友留下遗书自杀了，男友在遗书里跟美野里小姐道歉，有句话是这样的：我为什么对自己感到如此绝望，因为我缺乏去争取的胆量，包括去争取好好和你相爱的生活的胆量。

那封遗书让我难过了很长时间。人与人之间的感情微妙到可以近在眼前又远在天边，为你掌灯的人也许正在和你走着相反的路，我幻想如果我们真的在一起，结果如何？可笑的是没有开始又哪来的结束。

同一年里最冷的时节，我和一个女同学搭火车去北海道监狱看望她的男友。那个比她小两岁的男孩因为偷窃入狱，她说她会等他出来一起去东京看演唱会。

所有爱情都有一个相似的主题——付出，不管是我的邻居美野里小姐还是我的日本女同学。让我心生悲怜的是，我连为你付出的机会都没有，所以，我不得不痛苦地承认，暗恋不是爱情。

三

可是因为心底萌生出的爱啊，我决定豁出去一回。

毕业后我去了深圳，其他的城市我都不屑，我打发掉追求我的男生，用的借口都是你，你是我永远存在的隐形男友。有时候，我会按着你微博上的地址，去吃你推荐的馆子，不吃辣的我会点一桌子的川菜，吃得泪流满面。

在深圳的这两年，我感觉我们有时离得很近，也许你就在马路那边，我就在马路这边，我们走过很多条相同的街。也许在下雨的时候同时忘记带伞，而我如果可以走到你面前，一定会勇敢地向你自我介绍。

今年年初，你的微博终于更新了。你发布了即将结婚的消息，附上一张和未婚妻的合照。姑娘普通得不能再普通，笑容很温暖。

原来最终你选择了一个平凡无奇的姑娘。此刻，我想起电影《壁花少年》里的那句话：你不能只是坐在那里，把所有人的生活看得比自己重，然后把那叫爱。

我开始日夜无法安宁，当初坚信你绝对不会喜欢那种平凡无奇的姑娘，到头来你给我重重的一击。我错失了成为你身边那个平凡姑娘的机会，因为我连尝试的胆量都没有，我只想改变自己，让你可以一瞬间感受到我的光亮，却从未尝试走进你的生活和内心。

后悔吗？我问我自己。能够真实地活在有你的世界里，这一点足够给我安慰。我像喷了农药的蔬果，长得又迅速又茂盛，但只有自己知道自己的隐患。

如果将来，我有女儿，一定会告诉她关于你的故事，让她知道她完全可以用另一种轰轰烈烈的方式，给她的人生留下浓墨重彩的一笔，让遗憾变得苍白。

最后，我只想远远地观望你的婚礼，在心里由衷地默念一句，祝你幸福。

亲爱的玛嘉烈

文／蒹葭苍苍

一

"亲爱的玛嘉烈"是一首歌的名字,名叫玛嘉烈的少年是歌里的主角。少年浓密短发,嘴唇倔强,眼神迷茫,有点叛逆,小小年纪就离家去远方找前途。

这是笛悠钟爱的歌,当她看到坐在教室角落的胡卫熹时,心里一亮:玛嘉烈就是这样!从此,"玛嘉烈"就成了笛悠对胡卫熹的独家称谓。

玛嘉烈不爱读书,他常迟到,老师训斥他,这样下去你别想上大学了!他咧嘴笑:"老师你不知道,不上大学也一样有前途。"

玛嘉烈爱管闲事,

食堂打饭有人插队,他拍拍人家的肩膀。班上有个女生叫罗小茜,胖乎乎的有点傻气,玛嘉烈常在男生嘲笑她时替她解围。

但在笛悠看来,玛嘉烈有些自以为是。毕竟,笛悠是聪明乖顺的绩优生,以她有限的人生阅历,她以为好男生只有一种:品学兼优积极向上。像玛嘉烈这样的,只能算"非主流"。

要到许多年之后,她才知道,不管是什么样的男生,只要他喜欢你,他就会努力将他最好的一面呈现给你。也要到许多年之后,笛悠才会真正相信,不上大学也真的一样有前途。

二

高二开学不久就是百年校庆,笛悠和玛嘉

烈都被选入校合唱队，玛嘉烈的位置正好在笛悠身后。

最后一次彩排，大家换上了演出服。笛悠丰腴，长裙清瘦，她不断地拉拽它，希望它不要贴得那么紧。忽然，"刺啦——"一声，长裙的胸前裂开一条口子，笛悠双臂抱在胸前不知所措，尴尬至极。

"穿我的吧。"玛嘉烈在她旁边说，同时他麻利地脱下衬衣披在她身上。笛悠忙乱地穿上衬衣扣好扣子。笛悠穿着白衬衣，玛嘉烈穿着黑T恤，两个人不伦不类地站在队伍里，完成了最后一次彩排。

玛嘉烈还是玛嘉烈，但在笛悠的眼里，他却有了些微妙变化。

课间，有男生摘了一片躺着毛毛虫的树叶放在罗小茜的文具盒上，罗小茜吓得尖叫发抖，玛嘉烈奔过去抓起树叶扔向窗外。不错嘛！笛悠想，像个英雄呢。

班规规定，迟到者一律绕着操场跑步两圈。玛嘉烈常迟到，他跑步的样子没有垂头丧气，反而斗志昂扬，意气风发。她还发现，如果公平一点，玛嘉烈蛮帅气的，浓眉大眼，笑起来一脸灿烂。这些微妙变化，令笛悠的心充满幽微的快乐。

学校旁边是技校，技校的男生跑过来，在校门口看到漂亮女生就吹口哨。有一个戴眼镜的男生特别注意笛悠，笛悠听人喊他"小霸王"。

这天晚自习前，笛悠走到校门口，小霸王抓住她的单车，不怀好意地笑，"给哥笑一个，笑了就放你走。"

笛悠心中的小恶魔瞬间出现，她拽下他的眼镜扔向花丛说："笑什么笑！"

小霸王暴怒，他猛地一推，笛悠连人带车摔在地上。笛悠爬起来对准他的肚子飞起一脚，小霸王眼睛喷火，幸亏门卫跑过来阻拦，笛悠才免了一场灾难。小霸王走向花丛摸索眼镜，狠狠撂话："这事没完！"

笛悠回到座位上，回想时更觉得委屈羞辱。不一会儿，玛嘉烈过来了，他坐到她旁边，说："你的英勇事迹我听说了，不错嘛，女中豪杰。"停了停，又说："你不用怕，这事我帮你摆平。"

第二天，玛嘉烈出现在教室时，右手胳膊用绷带吊着。

直到他的胳膊都好了，笛悠才察觉，小霸王再也没有来骚扰她。笛悠去问玛嘉烈："你怎么摆平他的？你的胳膊受伤是因为这个吗？"

玛嘉烈笑得吊儿郎当，"摆平那种角色，还不是几分钟的事？胳膊跟这没关系，我飙车摔的，再说已经好啦，你看，伸缩自如。"

笛悠知道，玛嘉烈仗义又爱逞强，她自己心里那份幽微的欢喜令她困惑，难道她真的会喜欢玛嘉烈？必须跟这个与她三观不符的少年划清界限。她想。

旧的一年过去，新的一年到来，笛悠不仅没能和玛嘉烈划清界限，反而让玛嘉烈正式成为她青春里一个不可小觑的存在。

早春的清晨，笛悠迟到了。细雨蒙蒙，笛悠才跑了一小半，头发衣服已经被淋湿。忽然，她头上的天空飘来一把蓝色格子伞，撑伞的人是玛嘉烈。他跟她一起跑着，相同的速度，一致的频率。

她慌了："不要啊！这样大家都会看到的！"

玛嘉烈扬眉："我不过是为你打伞，光明磊落！"

他们跑过一棵又一棵树，一些人超过他们，一些人被他们甩在身后，但他们始终默契地并肩奔跑着，跑在 17 岁的第一场春雨里。

三

关于笛悠和玛嘉烈，班上果然冒出了一些议论。

罗小茜也八卦说："胡卫熹肯定喜欢笛悠，他对笛悠跟别人不一样。"

一个叫艾薇的女生听见了,说:"有什么不一样?他对你,和对笛悠都是一样的友好。"

罗小茜傻傻地分辨:"不是,他对我,和对你才是一样的友好!他对笛悠就是不一样!"

"你也好意思跟我相提并论?我跟他认识17年了!"她气呼呼的。

罗小茜不知是傻气还是趁势反击:"胡卫熹喜欢的人就是笛悠,不是你。"

玛嘉烈告诉过笛悠,他和艾薇从幼儿园开始就是同学,两家又是邻居,所以他们的关系一直不错。笛悠还打趣他,那不就是青梅竹马嘛。当时玛嘉烈分辨说,不是那么文艺的东西,就是死党铁哥们儿!

四月春风和暖,午后的阳光令人神往。笛悠人在教室做卷子,心却不甘地飞到了春光下。玛嘉烈像一阵风,跑过来趴在她桌边,轻声说:"一起去看樱花,怎么样?卷子可以晚点做,樱花却不等人哪!"笛悠被怂恿了,玛嘉烈骑单车载笛悠奔向樱花。他们转来转去累了,就坐在花树下聊天,聊生活、见闻、梦想。

笛悠说:"我的梦想嘛……是去西双版纳的热带雨林住一个月,你呢?"

"我啊……"玛嘉烈打了一个响指,响亮地说,"帮你实现梦想!"

笛悠哈哈笑,也不当真。风从云端来,花在枝头开,少年和少女,并肩坐在18岁的春天里。

四

玛嘉烈在回去的路上收到一条短信。他看了递给笛悠看,是艾薇发来的,她说:"不管你去了哪里,跟谁在一起,班主任问你时,你一定要说和我在一起，我肚子疼，你送我回家。"笛悠很疑惑，艾薇有什么企图？

笛悠刚到教室门口，班长迎上来，神色紧张，"班主任找你。"

班长又告诉她一件新闻：罗小茜住院了，严重腹泻导致脱水。医生查病因时，发现她喝剩的饮料里有泻药。饮料是她午饭后买来的，除了体育课，她没离开座位。由此推断，泻药是上体育课教室没人时，被什么人放进她的饮料里。

有人举报说，上体育课时看到艾薇出现在教室走廊，不过艾薇坚决否认，说她下午肚子疼一直在家……原来艾薇是要玛嘉烈替她作伪证。

笛悠为罗小茜鸣不平。可艾薇是玛嘉烈的"青梅竹马"，就算他知道真相，他也会袒护她吧？

班主任的办公室到了，艾薇和玛嘉烈也在里面。班主任问笛悠，下午没在学校去了哪里。笛悠犹疑着说去看樱花了，就自己一个人。艾薇忽然插话说："你看，笛悠穿的也是校服，头发和身材也跟我差不多。那个人说体育课在教室走廊看到的是我，现在看看，是笛悠也很有可能啊！"

这简直像是一个响雷，炸得笛悠瞪大眼睛，玛嘉烈也满脸满眼的难以置信，艾薇却昂首挺胸底气十足。

"艾薇，我没想到，你居然……你……"玛嘉烈语无伦次，他看看艾薇，又看看笛悠，然后对班主任说，"对不起，我刚才说了谎，笛悠也说了谎。"

最后艾薇承认了，是她买了泻药趁体育课溜回来放进罗小茜的饮料里。

笛悠没料到，自己在玛嘉烈心中的分量这么重。她惴惴不安，玛嘉烈为她牺牲了青梅竹马的情意，他会不会要求她补偿？

玛嘉烈却并未让笛悠的不安变成现实。

他对笛悠仍然像往常一样：在食堂碰到了，他就帮她打饭，在路上碰到了，他陪她走一段路。他买了好吃的零食，也会顺手塞进她的抽屉，电影院有好片子，他也怂恿她逃课去看。他偶尔给她写个纸条，飞个电眼，但仍控制在友情之内。

玛嘉烈也厚着脸皮讨好艾薇，给她说笑话，每次买零食也不忘记她，但每次，艾薇都将零食扔还给他，冷冷抛下一句："别忘了，我们绝交了。"

笛悠觉得，艾薇不像是闹别扭，更像是终于明白，在那个男生心里，她只是一个朋友，纵然再亲密，也与爱情无关。她为艾薇伤感。她又想到她和玛嘉烈。高考之后，他们会在哪里重逢？是否还会重逢？

她问玛嘉烈："你打算考什么学校？"

玛嘉烈愣了下又恢复了嬉皮笑脸："好大学是留给你这样的好姑娘的，至于我这样的人，哈哈哈……"他没说下去。

笛悠心凉失望。原来玛嘉烈根本没想过与她重逢的事，更没有为之做任何努力。他依然会迟到，依然会在课堂上睡觉。很快，笛悠还发现，不仅如此，他更是变本加厉破罐破摔了！

常有高一高二的学弟来找玛嘉烈，鬼鬼祟祟地和他说着什么。等玛嘉烈再来学校时，身上总会出现可疑的红肿或瘀青。不用猜，这个浑蛋，他一定和人打架了。

还有一次，笛悠在食堂听到两个男生说起玛嘉烈。

"这件事你只能找胡卫熹，不过他没那么义气了，他要收钱，不像原来一顿饭就OK了。好像是急需用钱吧？"

"钱不是问题，但他真的摆得平吗？"

"那种角色根本不是他的对手,你知道技校的小霸王吧,他得罪了胡卫熹喜欢的女生,胡卫熹打得他趴在地上爬都爬不起来!"

玛嘉烈胳膊受伤果然是因为自己。

五

几天之后是会考,会考结束,笛悠从艾薇那里得知,玛嘉烈不会参加高考了,他哥哥在南方办了一个工厂,正需要他帮忙,而他也非常乐意。

玛嘉烈不参加高考也不奇怪,但他连再见都没跟自己说,就这样走掉了!笛悠感到失落、气愤,她马上打玛嘉烈的电话:"喂,你连说都不说一声就走掉了,什么意思?"

"我不想和你告别。"

玛嘉烈那边好像很忙,手机里机器轰鸣,笛悠还没来得及说点什么,信号又消失了。

高考结束,玛嘉烈来找笛悠,他说:"我有礼物送给你。"礼物是一趟西双版纳的旅行,他们一起的旅行。笛悠明白他为什么急需用钱了,那些伤痕、瘀青、浑蛋的骂名,都是为了成全这趟旅行,他用自己的方法实现了对她的承诺。

那趟旅行美好难忘,有许多动人时光。回程时,他们踏上不同的列车。他们的告别也很随意,随意得就像是平日放学,第二天清晨醒来奔向学校就能看到对方的笑脸。

"这是为了重逢的告别。"笛悠对玛嘉烈说。

"为了重逢,我会努力,努力做一个配得上你这样的好姑娘的男人……"

谁也不确定他们能否重逢,但他们都会为重逢努力。

他们像蓬勃的植物,各自朝梦想的方向生长。笛悠梦想长成懂得如何爱人,以及如何被人爱的女子。而玛嘉烈,他一边在哥哥的家具厂帮忙,一边学习家具设计,他想做一个家具设计师,他要为自己年少的稚言埋单:不上大学,也一样有前途。

他们一起度过的那些时光,变成了日后向前的能量,陪他们走了很远的路,也帮他们度过了许多艰难的时光。

笛悠知道,不论他们是否能重逢,他们都已长成了彼此青春里最重要的、不可替代的人。

幻想初恋

文/蕢 意

一

校园里法国梧桐的柔绿叶子伸进了三楼的走廊,夏天的味道日渐浓郁。这样的午后,还待在教室里上课,真是一种浪费啊。

"廖远晴!"

"到。"走神的女孩站起身,脸颊腾地红了。

"把课文中揭示中心主旨的句子读一下。"

"呃……"她手忙脚乱地翻着书本。左后方的舒雅偷偷报了一个数字,女孩马上找到读了起来。

书声琅琅,清脆悦耳。坐下来,回头一笑,危机解除,心思却再次飞出窗外,飞到另一个校园里那个白衣少年身上。

他属于这个年纪里大家都会喜欢的男孩,干净明朗、彬彬有礼。女孩们怎么说他来着,说他的笑容像卡布奇诺一样温暖人心。

"我想,不久之后,苏原就会牵着我的手,我们一起走进花店,他会给我买一束雏菊……"远晴向舒雅描摹她期待的未来。

"你喜欢的人叫苏原啊?"

"嗯,这是个秘密,我听到别人这样叫他。"是的,自从进入大家的视线，他就成了学校女生的话题，但好像很少有人知道他的本名。

舒雅没有再追问。她们之间的友谊就是这样，彼此不多言，又最默契。

周末，女孩们组织了一次海边郊游，远晴和舒雅也去了。

沙滩上，远晴和舒雅互相做着掩护，她们的泳衣穿在长裙里面，需要脱掉裙子才能去游泳。可是，当远晴蹲在舒雅身后脱衣服时，远处竟闪过那个少年的影子。

他，怎么会突然出现呢？远晴毫不犹豫快速地穿好了衣服。

"你去玩吧，我忽然有点头晕，想坐一会儿。"远晴撒了个谎。

舒雅跑向女孩子们那里，远晴则在沙滩上坐下来，静静地望着白衣少年。

少年走到不远处的一群男孩子中间。他们似乎筹备了一场小型演出，装备齐全。少年坐到了康佳鼓前，小民谣安静的乐音流淌起来。

二

"嘿，我们去校门口的奶茶店吃蛋糕吧。"电话中舒雅热情相邀。

暑假，正发愁找不到好理由去学校附近转转的远晴，在电话这头笑眯了眼。

然而，果真看到柜台后面的苏原，远晴却一句话也说不出来。

"同学，你想要点什么？"一样的话，苏原问了两遍。他胸口的名牌反射着金光，写着他的英文名：Sullivan。

"两杯奶茶，一份柠檬蛋糕，一份抹茶蛋糕。"舒雅马上接口说，还对着苏原点了点头。

"你是怎么啦？"找到一个靠窗的卡座坐下，舒雅问远晴。

"忽然就忘记要点什么了嘛。你和这个店员认识啊?"

"每次你都叫我跑进来点单,自己站在马路边上看风景,久而久之,我也算这家店的熟面孔了吧。"舒雅说。

远晴特意坐在背对柜台的一面,这样就可以在玻璃窗上看到苏原忙碌的身影了。可是,每次即将在镜子里撞上苏原的目光时,她就会飞快地低下头。

"你怎么搞的,最近好像总心不在焉。"舒雅抱怨着,顺手剜了一小块蛋糕上的奶油,涂到远晴的鼻尖上。

三

苏原,四中三年级二班。这是远晴偶尔听到几个同班女生悄悄议论的。至于乐队鼓手、喜欢穿白衬衫、奶茶店柜员,这样的信息就基于她的观察了。

远晴明显起了变化。去海边时不再和舒雅打闹,而是常常独坐在沙滩上,等待那支可能出现的乐队。如果不是校服日,也恰恰穿了漂亮衣服,她就会从奶茶店门口走过。她执着地胆小如鼠地喜欢着一个人。

"大家已经升入初三了,中考就在眼前,不要以为时间还多……"老师在课上又老生常谈。快下课时,远晴收到舒雅递来的小纸条:放学后,图书馆见。

"给你看点东西。"舒雅翻开一本武侠小说,取出一张借书卡。

远晴惊讶地看到,借书卡的背面,画着一个女孩的肖像:马尾辫,圆圆的面庞,微微噘起的嘴,竟然是她自己。

"这……你怎么发现的?"远晴倏然合上书本,望望四周。

"廖远晴,说吧,你在跟谁交往呢?"

远晴急了,"没有的事儿,你别瞎编啊。"她转身就要走。

"哎,等等,听我说啊。"舒雅拦下她,"我是在这里轮值时看到的。我查了一下,最近借阅它的人是三班的吴凯瑞——嗯,说了你也不知道是谁——后来我就去逼供,最后他提供了一条惊天大消息,他来还书的前两天借给邻居看过,他的邻居名字叫苏原……"

远晴像听推理小说似的,眼睛瞪得大大的。

"现在你还敢说从来没有事瞒着我?"舒雅的气焰壮了起来。

"我……"远晴的心里一团乱麻,不知该感到惊喜还是委屈,"我们都根本不认识。"

"那容易,我现在就去帮你问电话号码。"

"不行不行。"远晴一把拉住舒雅,"你还不如杀了我呢。"

舒雅嘿嘿笑了,有时逗远晴发急也是件好玩的事。

放学回家时一如往常,总是先路过远晴家。远晴让舒雅在门口略站站,自己跑进家门,不一会儿抱出一个竹制的匣子。

舒雅拉开来看,里面是一支再普通不过的圆珠笔,几张奶茶店的收款打印凭条。

"这是什么?"舒雅问。

"都是苏原用过的东西。"远晴拿起圆珠笔,"其实我偶尔也会单独去买奶茶的,发现他都是拿这支笔在单子上打钩,用完随手放在柜台上,我就买了支一模一样的,把它换下来了。还有他会在这凭条上做记号,顾客要不要糖,要不要冰。"

"天哪!"舒雅好像被雷击中了一样,定定看了远晴一眼,深吸一口气,"慢!慢!让我调整一下……你的意思是说,苏原在奶茶店工作?"

"嗯,就是Sullivan……"远晴小声说。

四

有了舒雅,关于苏原的事,远晴就不用到处竖起耳朵东听一句西听一句了。

根据舒雅的情报,苏原也同样要中考了,他会填哪个高中?

"那还用说,一定是星海高中啦。"舒雅说,"他得过奥数奖的。"

"其实我也一直有疑问,他不好好念书,怎么去奶茶店打工啊?"

"你不知道四中是全市的教改实验基地啊?专门出怪咖的。吴凯瑞说,苏原申请了一项经营类的社会实践吧,很容易就不用去上课了。"

"哦……"远晴轻轻叹了口气,一不小心就喜欢上了那么优秀的一个人,这可是她未曾意料到的。她看着手里的模拟志愿表,落不下笔了。

"有什么好想的啊,换了我当然就填星海啦!还有半学期的时间可以拼命努力呢。"

远晴想了想,一字一顿地填下了"星海高中"。

进入寒假以后,舒雅和远晴分别找了家教。奶茶店也好,海边也好,她们都无暇流连了,要省下分分秒秒的时间战题海。

春寒料峭的清晨,即使天亮得早一些了,路上还是刺骨寒冷。远晴已经蝉联班级每天最早到校第一名两个月了。这天放下书包,她在抽屉里摸到一封信。

展开信,A4 纸上只有两个大字:加油。落款没有署名,只有一个远晴的侧面剪影。

课间,远晴在楼道里拷问舒雅,是不是她把信塞到自己课桌里的。舒雅说:"你现在早上多等我一会儿都不肯了,我还有心思给你送信哪。奶茶店那个男生在我们学校女生眼里也算半个公众人物,可以发展的眼线很多啊,反正不是我。"

"都初三下学期了,他还在打工啊?"

"人家是天才型选手好不好。"

时间变得越来越珍贵,远晴所有的努力仿佛都要在剩下的时间里翻倍,连续两次模拟考她都进了年级前十。

一次模拟考后,远晴约舒雅一起到书店买复习资料。结完账,远晴却还在店里东张西望。

"我总觉得刚才有人在看我,会不会是他也来这个书店买书?"

舒雅伸长脖子,四处打量,"你确定不是题做多了眼睛散光啊?"

"那……可能是错觉吧。"

"我听说,苏原已经收到星海高中的提前录取通知书了。你的目标还是星海高中不变吧?"

"真的?我,不变了!"远晴的双眼闪着亮晶晶的光。

"我的成绩最多只够上女中啦。"舒雅露出遗憾的神情,"好在女中离星海也不远。"

对啊,女中,真像是从记忆深处挖掘出来的名字,原来已经被远晴淡忘那么久了。从初二开始,远晴就暗暗下了决心要和舒雅一起上女中。舒雅喜欢文艺,对各种画册和游记着迷。于是,原本成绩在班里第一梯队的远晴充满义气地想,我也不要把精力花在无聊的做题上吧,只要保持中不溜,能和舒雅在一起就好了。

从什么时候开始,一切都变了呢?

五

中考结束后,远晴觉得身体里的力气耗尽了。等到同学们都离开了教室,她才开始收拾自己的东西。

一张折了三折的纸条引起了她的注意：第一个返校日结束，我在校门口等你。没有落款，也没有任何手绘图案，字迹匆忙。

"可能是苏原哦，我该不该去呢？"远晴兴奋不安地把纸条递给舒雅看。

舒雅的脸上浮起万分怀疑的表情，"你不是一直说，要保持这种美好的状态，如果能幸运地在星海相遇，有机会再告诉他吗？"

"可是，如果不去赴约，他以为我不喜欢他怎么办？"

舒雅深深吸了口气，"可也不能确定是他写的纸条啊，如果是别人约了你，岂不是会很失望？"

远晴笑着说："我还是会谢谢写纸条的人，一直没有打扰我。"

当远晴在校门口被头发乱糟糟、戴着眼镜的李星叫住时，不禁哑然失笑。男孩推推眼镜，"听说你也填了星海高中？"

"是啊，因为我跟人约好了要在星海会合。"一番尴尬的沉默后，远晴眨眨眼，"我跟你打听个人，你认识三班的吴凯瑞吗？"

男孩又推推眼镜，"没听说过，好像三班没有这个人吧。"

当廖远晴终于坐在星海高中的课堂里时，她才知道苏原并不在这个学校。四中考过来的同学告诉她，他们确实有个叫苏原的同学，不过已经跟父母移民了。而办事认真的李星也真的去证实了一下，原先的初三（3）班从来没有过叫吴凯瑞的人。

远晴细细地回想了事情的来龙去脉，给舒雅打了电话，约她在初中门口的奶茶店见面。

多年之后，她们还是会想起这个傍晚，初秋淡黄色的街景，暖意融融的奶茶店里，甜蜜的蛋糕、香浓的热饮、英俊的服务生。

远晴递给舒雅一张老式的借书卡，"神通广大的舒雅，这是我好不容易才买到的,请你把原来图书馆里的那张换给我吧!"

舒雅什么都不说,也什么都不问,从自己包里翻出了那张神秘的借书卡,递过来。

"嘿,Sullivan,光顾了你们这么久,还不知道你的中文名呢。"舒雅向柜台后面的帅哥招手。

"Sullivan,邵力涛。"

误会是从什么时候开始的呢?远晴一时也理不清了。叽叽喳喳的女孩子们东拉西扯,无心地从这个帅哥跳到那个帅哥,被她这个有心的人听到了一耳朵。而她却没有勇气去问个明白。

于是整个天地都变了。

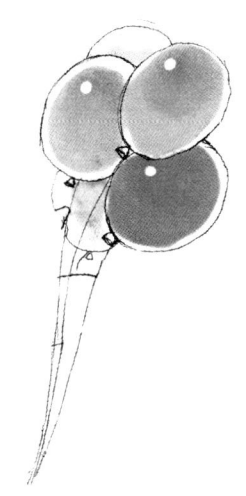

磨蹭姑娘与她的永恒少年

文 / 笛子酱

似乎看到幸运的曙光

每天下午放学后,省实验中学旁边的书店就会在五分钟之内被学生们挤得水泄不通。

2011年的夏天,老板将一个牛皮纸信封递给罗隐瞳。她回到家把信封交给罗爸,却赫然发现里面是一本《看电影》,版权页上写着:高二(5)班,陆绘森。

那么,那本写着罗隐瞳姓名和班级的《故事会》在他手上!

下一次,再去书店,她吞吞吐吐地说:"能不能麻烦您,这次还帮我跟那个陆绘森掉个包?"

老板惊异地打量了一番罗隐瞳,好像在看一只水母。

没多久,陆绘森又来找她,将那本"被换错"的杂志砸到她课桌上。

看着他离去的背影,罗隐瞳笑得像只疯狂的土拨鼠。

一个月后的一个黄昏,陆绘森找她,"我现在要去书店拿书,你,跟我一起?"

你是在约我吗?她想问。

陆绘森说:"当着我们的面,那老板应该不会再弄错。"

她只好悻悻地跟着陆绘森去拿书。

男生走了,老板语重心长地说:"小姑娘,我也只能帮你到这里了。"

化学实验课,5班和16班一起上。三人一组,除了陆绘森,还有个嬉皮笑脸的男生。三人分工如下:陆绘森开口,男生动手,罗隐瞳——"她还是在旁边看着比较安全。"陆绘森说。

"铁夹靠后,不知道应该夹在离试管口的1/3处吗?试管口向下,再向下……"陆绘森的吹毛求疵让人叹为观止。

男生崩溃,一拍桌,"你来!"

酒精灯被手风扇倒,火苗蹿出。罗隐瞳大脑一片空白,只感觉自己被陆绘森推倒,然后就看到火苗顺着他衣服下摆往上……

陆绘森胸口中度烧伤,住院三个月。噩耗传来,罗隐瞳流下眼泪,"他……这可都是为了我啊!"

官方慰问团刚走,躲在走廊多时的罗隐瞳畏首畏尾地推开了病房的玻璃门。

"是你。"陆绘森认出她。她来干吗?这有点超出陆绘森的认知极限。

"我来陪你聊会儿天。"

"聊天……为什么你这么无聊。"他朝床头柜努了努嘴,"抽屉里有本《重难点手册》,你拿出来,翻到第86页。"

女生乖乖照做。那一页都是让她头大的物理竞赛题。

"例题3读给我听。"闭上眼,一脸"快给大爷念"的不耐烦。

"某人造地球卫星的高度是地球半径的15倍,试估算此卫星……"

男生娓娓道来:"设地球与卫星的质量分别为 M 和 m……"

罗隐瞳目瞪口呆,"你有透视眼?居然和标准答案一字不差。"

"少见多怪。"

少年依旧傲娇,但言谈间有淡淡微笑,罗隐瞳似乎看到幸运的曙光。

她只想感动一个人的心

第三次"医院约会",陆绘森皱眉问她:"每天你五点四十五到医院,八点半离开,请问你作业都是用什么时间做的?"

"啊?我……"她刚想说早自习找人copy就行,又想太损形象,就说,"很快就能搞定啊,我晚上十点钟就上床睡觉了!"

"哦?"陆绘森眉毛一挑,"我没记错的话,你上次月考连卷子都没写完的吧,说实话会死?"

她脱口而出,"你知道我!"欣喜之情溢于言表。

"全校闻名的磨蹭大王,谁不知道。"说实话,她来看他之前,他确实不知道她是谁……

"给你两条路,"他正色说,"要么你乖乖自己做作业,要么我就算闷死了也不会让护士放你进来。"

为了和陆绘森的约定,罗隐瞳被迫提高了自己写作业的速度,咬着牙也要自己做完。

罗爸得知她去看望"那个见义勇为的美少年",塞给她一盒精心腌制的鸭脖。

"才不要吃什么鸭脖!"她的迟到让他少做了几道题,正在气头上。

"不吃,好!"罗隐瞳把饭盒往床头一撂,说,"下次有东西吃,就是你爸妈来看你的那天!"

陆家爸妈日理万机,探望宝贝儿子这样的事情,三天一次已是极限,陆绘森只好妥协:"那好,你帮我把鸭脖上的肉都剔出来,我就考虑吃吃看。"陆绘森在医院躺了三个月，罗隐瞳就给他读了三个月的《重难点手册》，给他挖了三个月的鸭脖，还……还陪他上了三个月的厕所。

如此可歌可泣，简直能入选"感动中国"！

可她只想感动一个人的心。

励志教科书 VS 少女陶渊明

有一次，陆绘森扶着墙走出厕所，看到一脸羞涩地站在男厕所门口接受各路大叔目光扫射的罗隐瞳，心中突然哪里动了一下下，稍纵即逝的那种。

重新躺回床上，罗隐瞳刚拿出《重难点手册》，陆绘森发话："不念了，今天我们……聊聊别的。"

此话有如惊雷，她差点把书掉地上。这种上厕所都恨不得背几个长单词的人，竟会把生命浪费在"聊天"上！

罗隐瞳恨不得从自己的受精卵时代讲起，将十六年人生尽数相告。

她的磨蹭对罗氏家族在户部巷的崛起，有着极其深远的历史意义。在罗妈妈肚子里的时候，她的磨蹭尚未显山露水。作为胚胎，她长势喜人。作为幼童，她十个月能走，一岁开口。可自从她进了托儿所，班主任隔三岔五向罗爸吐槽，今天说她穿衣服太慢，明天说她吃饭太慢……上了小学，她的磨蹭已达到令人发指的地步。

"瞳瞳，你为什么放学回家要走这么长时间呢？"罗爸决定找出原因。

"因为我在路边跟一块石头说了好长时间的话，它跟我讲它一路以来的故事呢！"罗隐瞳扬起稚气的小脸，罗爸瞬间被她萌哭了。就算这份磨蹭被所有人鄙视，他也要守护她！

面色凝重地一拍大腿，罗爸决定为女儿下半生安逸而努力。

年复一年，罗隐瞳从一个比别人慢半拍的萝莉长成了比别人慢半拍的少女，罗家鸭脖也从一个小门面发展成了武汉户部巷第一鸭脖大户。

说了一大堆，陆绘森似乎没有不耐烦。罗隐瞳喘了口气，说："那你呢？"

陆绘森的人生如果打印下来，就是书摊上十元一本的成功学：更高、更快、更强。

"你不会觉得孤单吗？"罗隐瞳觉得简直不可思议。

"优秀的人都是孤单的。"陆绘森说，"如果你为了不被孤立，把时间浪费在和人相处上，最后也就沦为一个庸人。"

可是庸人也有庸人的快乐啊！如同她，这样的人生就不是人生，就不快乐，不值得度过了吗？

这就是陆绘森和她的区别：那一边，是鸡血四溢的励志教科书，这一边，是悠然见南山的少女陶渊明。

她不知所措，踌躇在原地。

玩失踪 VS 研究课题

即便有了如此忧伤的觉悟，罗隐瞳还是每天去看陆绘森，可三个月很快就过去了。

出院后，陆绘森再次回到他高速运转的人生轨道上。

班主任看他的眼神依然充满春天的温暖，同学们看他的眼神依然充满敬畏，可他似乎有点喜欢上了发呆。

偶尔自习课，埋头做卷子的他会忍不住抬起头，看窗外那棵梧桐树，缓缓掉下一片叶子来。放学回家的路上，看到路边花坛上的蚂蚁劳工一起扛着一块面包屑,他居然也忍不住走过去,蹲下来盯着看。

而罗隐瞳,好像他一出院,就从他的生活中蒸发了一样。

高二下学期末,"高考动员大会"如火如荼地展开了。偌大的体育馆大厅,5班和16班的队伍挨在了一起。陆绘森的目光把16班看了一遍,也没看到那个磨磨蹭蹭的身影。

陆绘森皱起眉头,一定要找到罗隐瞳!玩失踪——这可不是她这种智商的人玩得起的!

罗爸手起刀落,嚓嚓两下一根鸭脖被切好装袋递给顾客。

"话说,你是来参观的?"这个站在门口的少年既没有离开的意思也没有要买东西的意思,不知他究竟啥个意思?

陆绘森别扭半天,"师傅,我来找罗隐瞳!我是他同学陆绘森。"

罗爸心情复杂地眯起眼,"我女儿经常在我面前提起你。"

"哦?"他怎么有点兴奋。

"她说你每天活得都像是在抗洪抢险,人又不是一台机器,累了上点油,就能继续运转。

"她小时候跟我说,将来想当一个农民,慢慢地看种子发芽,慢慢地看枝条拔节,慢慢地看一朵云从田野这一头飘到那一头。"

这是真实的罗隐瞳吗?罗爸粗大的嗓门像落叶般轻轻飘进少年心底。

他自己都不知道为什么会专门跑来找她,明明第二天有模拟考,可他就是想知道罗隐瞳到底在干吗。

终于见到罗隐瞳,陆绘森问她为什么不去学校。

女生抬起头,"闭关准备雅思。"

"高中毕业就出国?真白富美!"

"我只是害怕高考,"罗隐瞳低下头去,"我根本没办法写完卷子。"

陆绘森恨铁不成钢地说:"愚不可及!"

罗隐瞳忧伤地转过头,"就算继续备考,结果也是一样,我根本不可能和你考上同一所大学。"

被迫说出的真相仿佛已在眼前,少女的眼眶变得潮湿。

"怎么不可能!"陆绘森激动起来,"学校三、四、五月会连续有三次摸底考试,只要成绩稳定在年级前十,就可以获得保送资格!我去跟校长提意见,要他们按姓氏安排考场!那我能坐你前面,帮你考进前十!"

罗隐瞳像是不认识他似的,说:"作弊?这不是庸人的行为吗?"

他第一次被人说得哑口无言。

看在陆绘森来找她的情分上,罗隐瞳回学校继续备战高考。

回到学校后,陆绘森隔三岔五就从5班跑到16班来找罗隐瞳。

他每次来都带着一个秒表,按下计时器,就催命一样地在罗隐瞳耳朵旁边低喊:"快,一分钟之内把这道题目答案写出来!"

这一幕每个课间都如期上演。

虽然陆绘森和罗隐瞳这一对"省实验最不可能在一起的情侣"的绯闻漫天飞舞,但她依然不知道男生的心思究竟如何。罗隐瞳试探着问过:"为什么你要花这么多时间督促我学习?"

"哪那么多为什么!"男生不耐烦地说,"你是我的研究课题,我想知道你这样的生物体能不能通过强度训练获得奇迹!"

研究课题?

罗隐瞳哑口无言。

我可以等你

摸底考，罗隐瞳有了大幅提高。

她却开心不起来。

有进步又如何，也只能考上一所普通大学，而陆绘森……

"你报哪所大学？"有天，陆绘森突然跑到16班来找她。"本地的挑一所就好啦。"她如实相告，抓住机会问，"你呢？"

"老样子咯。"男生目光闪烁地丢下一句，就跑了。

6月6号，高考前一天。放学后，陆绘森在16班门口叫出罗隐瞳，走到学校操场。

"喂，罗隐瞳，明天的高考，你要全力以赴才行。"陆绘森说，眼睛死死盯着自己脚下的水泥地，有一只西瓜虫正在游走，好像他是在和那只西瓜虫讲话一样。罗隐瞳被他的样子弄得一头雾水，干吗，跟西瓜虫讲话，至于脸红到脖子根吗？

"全力以赴也就那样。"女生自嘲道。

"记住，成绩出来后，你要在我眼皮子底下填志愿。"男生说，"你考得好，就跟我报同一所学校，考得不好，我就跟你报同一所。"

罗隐瞳呆呆地看着陆绘森。

男生微微晃晃脑袋，开口道："我觉得，我很有必要跟你上同一所大学。你磨磨蹭蹭的时候，我可以等你。"

夕阳照着晚风，缓缓撩起两人的刘海儿，他们想到了永恒：

"所谓永恒，就是消磨一件事物的时间完了，这件事物还在。"

而对于罗隐瞳来说，永恒就是，直到她将陆绘森的时间都消磨殆尽，他依然在。

阿凡灯的新水杯

文/李月亮

一

小会议室里乌压压地挤满了等着面试的人,气氛压抑又诡异。莲花透过厚镜片小角度扫了一遍竞争对手,胜算太渺茫了。

都这份儿上了,门口还有个黑得跟霉干菜似的男人闷着头拼命往里边挤。靠门口的人不愿意让,说你不是面试完了吗?霉干菜说,我水杯落里边了。

莲花看了看霉干菜,又看了看他遗落在桌子上的水杯,两者之间的距离令人绝望。她不禁生出了些同情心,随即又生出了更大的功利心。她站起身,号召靠近水杯的人把那只看起来不超过5块钱的塑料杯传过来。一阵小骚乱之后,她拿到了它。

莲花拿着水杯挤出会议室,一边递给霉干菜,一边低声问:刚才面试他们都问你什么了?霉干菜接过水杯,老老实实描述了一下刚才面试的经过。莲花接着问,关于行业前景这个问题怎么回答好呢?其实这个问题已经超出施恩求报的范围了,但霉干菜看她一眼,还是很认真地回答了她:刚才这个问题我没答好,其实你可以这么说……

好感这东西太奇妙了,刚才莲花还觉得霉干菜很像霉干菜,这会儿,就在他兢兢业业指导她面试的时候,她忽然发现他长得有点像吴彦祖,有着古天乐肤色的吴彦祖。一股奇妙的喜悦自胸口升起,莲花莫名其妙振奋起来。

有个数字霉干菜记不起来了,他拿出手机翻了翻,翻出一条微博来,递给莲花说,你好好记下这个,一会儿准能用到。

二

临场指导发挥了巨大的作用,面试十分顺利。莲花怀着感激的心情出来,想找到霉干菜,再跟他交流一下面试体会,可她极目四望,早没人影了。

五天后,莲花接到录用通知。她兴奋之余,很想问问对方名单里有没有霉干菜。可是她不晓得霉干菜的任何信息,虽然如果再次遇到,她能从一万个人里面准确地认出他,可是总不能问人家有没有黑瘦版吴彦祖吧?没见到他的沮丧感甚至淹没了第一天上班的新鲜感。

新公司比预想的要好很多,这让莲花更加觉得欠了霉干菜一样。晚上下班,她在小面馆吃饭,鬼使神差要了碗梅菜扣肉面,味道很不错。她一边吃,一边愈发想念那个味道同样很不错的男人。

回到家,习惯性地打开微博,脑子瞬时亮了——那天看了他微博的啊,叫什么来着?什么灯?宝莲灯?不对。鬼吹灯?不是。大脑里一时灯影无数,但没有一盏是伟大光明正确的。好在莲花又想起了他那条微博的内容,是关于行业市场份额的排名,这个她记得很清楚,面试时还现学现卖说来着。她立刻搜了一下那条微博,出来一大片。一个个筛选下来,有了,对,就是这个阿凡灯!

三

莲花立刻关注了那个微博,像在两眼一抹黑的考场上拿到了优秀生传来的小字条，紧紧攥在手里，心里奏起欢快的小乐曲。

他的粉丝和关注都不多，微博却不少，有两千多条。最新一条是昨天发的：君子坦荡荡，小人找工作。举头望明月，低头找工作。洛阳亲友如相问，就说我在找工作。垂死病中惊坐起，明天还得找工作。生当作人杰，死亦找工作。人生自古谁无死，来生继续找工作。众里寻他千百度，蓦然回首，那人正在找工作。

看来他还没有找到工作，莲花想鼓励他一下，又想说句感谢的话。想了半天，觉得人家都不知道自己是什么生物，说啥都感觉怪怪的。犹豫半天，还是闭了嘴。

当晚，她把他的两千条微博从头到尾看了一遍。他转过的很多笑话她也转过，当然，转的不是他的，但那说明他们笑点一致。而他对很多问题的见解，显然比她高明。

她转了他的两条微博，又发表了几句自己不成熟的看法，很谦逊，很低调。

第二天一早，她又开了微博，看有没有他的回复，当然没有。他怎么知道会有人三更半夜转微博，一大早就等回复。不过中午的时候，他又写了微博：终于把那苦命的水杯搞丢了。

莲花笑了，又有些替他心疼。说起来那水杯还蛮珍贵的，它引导她认识了他，又帮她谋到了一份好工作。于是，她留言给他：真是好可惜，不过丢就丢吧，旧的不去新的不来。

四

可惜他始终没有与她互动，她转发也好，评论也好，他全当没事发生过。

一个月过去了，他在微博里写：新公司在南郊，上班好远。原来找到工作了。莲花想想，发了私信：祝贺你开始新生活，发了工资咱第一时间买个新水杯哈。

没想到私信的效果这么好，一小时后他就回复了：是杜梅吧？别闹了。你那只水杯丢了我很心疼，但那跟你没关系。

莲花有点蒙了，怪不得他一直对她视而不见，原来把她当成前女友了，而那个水杯，居然是个有故事的水杯。

她郁郁地回复：我不是杜梅。然后默默地把微博头像换成了自己的照片，心想，要是他看见这照片，能想起她来，还愿意搭理她，那最好。否则就自行消失吧，就算有缘无分了。

第二天，莲花收到他的新私信：是你啊。对不起，认错人了。

他居然记得，她好开心。跟他聊了一会儿，终于把那句憋得快长毛了的"谢谢"说了出去。他说，别客气，那天你一副死到临头的样儿，我也不好见死不救。

因为是同行，所以十分有的聊。两人聊到下班，才各自心满意足回家去。

五

互动渐渐频繁起来，每天刷微博成了莲花生活中最有意义的事。本来刚刚开始新工作，作为新人，总免不了这样那样的烦恼。但是因为有了微博，有了那个味道很对的阿凡灯，她的心情总是以晴好为主。

试用期快结束的时候，领导交代莲花做一个策划案，是个高难度的东西，要得又急。莲花一直在单位写到夜里12点，还有大半没完成。为了挽救伤亡殆尽的脑细胞，她在微博上吐了番苦水。

没想到几分钟后，阿凡灯就发来了私信：我还没睡，帮你做吧。

莲花惊喜得直想拍桌子，但也没跟他客气，直接把最复杂的部分移交给他。两人各自奋战，一小时后，一份完美的策划案浑然天成。

已经快两点了，莲花虽然经常熬夜，但熬夜看电影和熬夜写策划是有本质差别的。她累得几乎神志不清了，强撑着谢过阿凡灯，说，快睡吧。他回复：好，老婆催我好几次了。

莲花心里顿时打了个惊雷，一大片乌云压过来，气压低得快把她眼泪逼出来了。沉默了半晌，她勉强回了句：不好意思。

那边很快发来一个大笑脸：开玩笑呢，我还是光棍，还在单位。

哎哟喂，这半夜三更的，开这种狗血玩笑会死人的！莲花又喜又气，但也不好多说，一语双关地回他说：我也是。又鼓足勇气加了句：多谢帮忙，请你吃个夜宵吧。

半小时后，他在微博里喊她：下来吧，到你楼下了——他们还没留过电话，连彼此的名字都不知道。但是不要紧，那些都不重要。

莲花欢天喜地地奔下楼，优雅地站在他对面说：去吃霉菜面吧。然后，他们肩并肩走向不远处的24小时面馆。

她问：你买新水杯了吗？

他说：还没有。

莲花从包里摸出一个骨瓷的白色杯子，递给他：别再丢了啊，很贵的。

他看着杯子上面印着一盏清秀的小灯和一朵莲花，笑了：他们说送杯子是一辈子的意思。

莲花脸上泛起轻微的红晕，指指前面的面馆说：到了，就是这家。对了，你叫什么名字？

滚蛋吧！减肥君

文/渝 李

救命120

沈三的房间里有一台电子秤，计重精准，是减肥的法宝。那时候她和一个叫小惠的女孩合租在一起，临江门的老房子，两个房间，沈三住大房。

所谓大房，不过只多出一张书桌的面积，房租却贵出50块，沈三对此略有抱怨。不怨沈三小气，那时都刚毕业，经济拮据，牛肉面一碗才不过6块钱，50块可管一周午饭。为了心理平衡，沈三尽量将自己的杂物堆满客厅，以霸占出多付的那50块的地盘，小惠对沈三此举也有了不痛快，我知道她私下同人嘲讽沈三，她那样的体型和吨位，多占用的空间只收50块钱，怕已算市面上最便宜。

真是一剑封喉。

这番话沈三当然不知道，否则，娇柔的小惠怕是要血溅五步。体重从来都是沈三的心头痛，她曾因为节食胃出血住过医院。

说起减肥，沈三对自己自然是狠的，可以三餐只靠一个苹果果腹，为了清肠一天坚持喝3升水，喝到反胃呕吐。有次做策展，一整天没进食，到了下午头晕冒冷汗，同事给了她一块夹心饼干，她居然掰开来舔舔奶油后丢掉，硬生生挺过晚餐时间。

我们奉劝沈三走近科学，不要再有自残之举，沈三以贵在坚持反教育我们，如此这般执迷不悟，直至身体垮掉。

2008年沈三住院那次，我身在广州。后来听说病发那天是个周末，沈三一个人在家，疼到死去活来连拨电话的力气都没有，几乎当场殒命。120来接她，她抓着及时回家的小惠死不撒手，无人替她签字住院，小惠事后打趣她，你终于知道我的好？

偌大一座城市，沈三的确没什么倚靠。

她的声音听起来有些遥远

沈三在本地一家颇为知名的广告公司做策划，那家公司，她读书的时候去实习过。据沈三自己说，毕业她原本有更好的去处，比如某国企，可她一时脑子发热，摔了金饭碗捧起讨饭钵。

让沈三脑子发热的是一个叫罗彬的男人，也算是沈三的师兄，高她三届，在那家广告公司就职。对于这位小师妹，罗彬表现得十分热情，处处照顾有加，沈三一颗芳心顷刻沦陷。那时沈三也胖，162的身高，130多斤，每天都能听到她在隔壁宿舍号叫，我要抽脂。因为罗彬，沈三开始对自己发狠，我曾亲见她在39度大热天里，为了和他约会在肚皮上猛裹束腹带。她不停狠狠吸气，一张脸憋成紫红，汗水滴滴答答犹如落雨。

那段时间，沈三声称自己瘦了10斤。

沈三的确瘦过，在毕业后的某段日子里，我记得有一次她来广州，我们一起逛街，她试裙子时竟然对售货小姐说，麻烦帮我拿条M号。

我想，那应该是她减肥生涯的一个辉煌顶点了吧，可那个顶点，我希望她再也不会到达。

沈三和罗彬在一起，是在她读大四的时候，当时罗彬在文化宫附近租了个一室一厅的小公寓，沈三每个周末都会去。她曾经请我们过去吃过几次饭，菜色很丰富，气氛很和谐。沈三系着橘黄色围裙，像只巨大的橙子一样在那巴掌大的厨房里滚来滚去，罗彬在外面看电视，陪我们聊天，看上去的确有种安妥的家常的味道。

后来沈三跟我说，她有了。

2007年10月，沈三打电话来，我正走在去办公室的路上。那天的广州天气很阴沉，天空像一张悲愁垂泪的脸，沈三的声音听起来有些遥远，她说，你手头方不方便？

沈三的初恋就这样暴毙。

她依然陷在那个迷障里

每一场失恋都带来成长，然而，沈三的成长如此沉重缓慢。她依旧迷恋罗彬，那个对她的情感进行过野蛮洗劫的男人。

做人需自爱，我们总这样劝沈三。然而沈三背着大家，还要打电话苦苦哀求他。在那个沈三付出过全部的小公寓里，沈三泪眼婆婆地追问，我到底哪里不好？我们明明好好的呀！

他终于恼了，骂她：我脑子进水才看上你这只猪！

爱情的寿终正寝并不可怕，可那样的诋毁，怎么会是爱情？

那天晚上，沈三说她在楼下哭了一整夜。

失恋失去的不只是那个人，更多的是自尊和自信。恨天恨地，恨父母，恨遗传，恨甩不掉的肥肉，恨镜子里那张平凡的脸。忘记自己拥有的美好，恨自己不具有的一切，失恋没有让沈三打破迷障，而是将她推进死胡同。

沈三四处借钱，尝试各种手术整容和塑形，前后花掉7万多，欠债一堆，因为无以为继不得不放弃。

我厌恶这样的沈三,那已不再是我记忆中的沈三。我一直记得曾经的她,在迎新会上扭动着胖胖的身子跳森巴,我们的班长是个帅哥,那时我们都想请他跳舞,却只有沈三有勇气,大大方方地对他说,来来来,跳一曲,你敢不跳,不跳我把你扛上台去。

我喜欢那个爽朗的沈三,那个毫不扭捏的沈三,那个沈三心里有一个强大的小世界,坚不可摧,璀璨夺目。我想沈三一定不知道,在那段时光里,我是多么艳羡她所拥有的小世界。自我肯定和自我热爱,在那世界里如夏花怒放,我相信世间再没有任何事物能够美过它。

好的爱情是彼此都值得

我有四年没有见过沈三,偶尔通个电话,聊一聊,总说聚,也总没有机会。有段时间,沈三打算换工作,后来没找好下家就辞了职,我想她得了闲,便让她来广州玩,她说她报了驾校,正在学车。

拿到驾照后,沈三决定租一辆车,自驾出游一趟。我问她有没有确定疗伤圣地,她说往西藏开,走到哪儿算哪儿。后来一天,她突然打电话来,说着说着号啕大哭,你知不知道哇,我差点死掉!

沈三才走到巴郎山,就生了重感冒,孤零零旅途中顿生末世感伤,终于一咬牙把车子掉头往回开,一边哭一边想,老子不要死,老子还没恋爱结婚生儿子!

这是我最乐于见到的眼泪和悲伤。

2012年年底,有一天,突然收到沈三寄来的包裹,是两罐茶叶,崂山绿茶。那天晚上电话她,奇怪她什么时候变得如此风雅,她朗然大笑,说,我才不懂呢,是我们家那位的品位和嗜好。

原来如此。

不好的爱情总会带来错觉,让你以为,失败只是因为你的不够好。

然而我相信，当沈三遇见小庄后，她终于才明白，好的爱情，是适合，是彼此都值得。

那晚沈三发照片给我，初是单人照，一打开，跌破我眼镜。虽不期待是窈窕淑女，却不想能比以往更加珠圆玉润，还剪了个已然有些过时的 BOBO 头，活像颗没削盖的大椰子。后来的双人照上，大椰子旁多了一颗板栗头，称不上巨帅，却绝对能有回头率，那人深蓝色冲锋衣，一根登山杖，攀着沈三的肩膀笑得阳光灿烂。

单身人士不免被刺激得一声惨叫，狗屎运啊，沈三！

沈三自此回归了，那个夏花怒放的小世界，经历过摧毁，如今构筑得更加坚固。无论是自我的觉醒，还是小庄的功劳，总之，又可以听见她傻笑，看见她扭动胖胖的身体跳森巴。她重新爱上了自己，就像小庄爱她，就像我们爱她。

好的茶只有品过才知道

2013 年"五一"，沈三结婚，我千里飞回参加婚宴，见到了传说中的小庄。比照片里成熟点，依然阳光，态度谦和。我说谢谢你的那两罐茶叶啊，小庄笑问，味道可好？我赞，好茶，沈三却吐槽说，她可挑的咧，起初还嫌颜色不鲜亮，是陈茶！我赶紧辩解，怪我以貌取茶，泡了才知道汤色鲜绿清亮，一口下去，心肝脾肺都香透了。

小庄笑我太夸张，又说喜欢喝茶好啊，家里还有两罐特级黄山毛峰。

爱屋及乌，小庄不吝于对沈三的朋友表现慷慨。我由衷赞赏了沈三的眼光，沈三说，两罐茶叶而已，你有出息吗？

可是，沈三，这绝不仅是茶叶。当我问小庄，说说，喜欢沈三什么？他搔搔头说，嘿嘿，像你说的，好的茶只有品过才知道。

那一瞬间，我想起了 2007 年的沈三。在每一个无课的日子，骑着自行车，拎着那么沉那么鲜的食材，奔波在追逐爱情的路上。那个胖胖的沈三，有着强大小世界的沈三，那个卑微的沈三，盲目的沈三，一心付出的沈三，不被珍惜的沈三。那个曾经自我嫌恶、自我摧毁过的沈三，那个仍然坚信爱情、最后也足够幸运的沈三。

在每一条通往幸福的路上，谁都有可能摔得灰头土脸，所幸记得爬起来，掸掸泥土，再大步向前。那天沈三拥抱着我说，你呢，你要加油！我没有告诉她，这场旁观到的幸福也让我斗志昂扬，热泪盈眶。

走过爱的一刻钟

文/蒋　峰

隔着校门我们看着七路车缓缓驶过,"要不,走回去吧?可能没车了。"我提议。

她听从了我的劝告,可还是不情愿地转身看了看站牌。向南而过的风吹过耳朵发出低吟般的响声,我们一句话也没有说。我默默掐算着,可以走一刻钟的路程,假如我们说上五十句话,总该夹杂着两句我想说的吧。

"咦?"她转头问我,"你家不是在上面吗,不回家啦?"

"我今天去我舅舅家,离你那儿不算远。"舅舅?我姥姥辛苦了一辈子,徒增了四个女儿。

"那就算是你送我回家喽。"她说。

我们又陷入了无语的荒原,我开始构思自己的开场白:其实,我一直挺……不行,太直接了。我们认识多久了?这还用问?

"天气预报说今天会下雪。"她说,"这么冷,真不知道 Little Eye 怎么样了?"

Little Eye 是只鸽子,名字是我从都德的一个短篇题目借来给它用的。夏末的一个下午,我把它带到学校说这是我在路上捡到的断了腿的天使,这自然也吸引了她的怜悯。我们包扎了鸽子的伤口，我答应待它伤养好后再带出来。几天前，她居然要看看那只鸽子长大了没有。晚上我再拜访表哥时被赶了出来，他责问我鸽子腿是怎么断的，我说演戏总得真实点才有人信。"真实？"他抄起铁锹冲着我喊，"你要是把这一笼的鸽子腿掰断，她还能抱着你哭哪！"第二天我只好无奈地对她解释昨晚梦见 Little Eye 沿着一路的芳香，找到一个四处花开的梦境。"第二天它果真就飞走了。"她听后幸福地笑了。我看着她的眼睛想"无耻"是怎么定义的。

"据说梦境里没有饥饿和寒冷，"我回答她的话，"只有爱，近乎……"

"你读的书可真多，说话都和别人不一样。"

她怎么不让我说下去呢？"近乎，近乎我对……"

"你怎么就那么喜欢读书呢？写文章又好。"

我表哥告诉我的，他说想要让女孩子喜欢你就得写一手好文字，要写成让她们看后伤心地哭或是幸福地笑的那种。

"听说你还读了《论语》和《诗经》呢，你都厉害得不可思议。"

这可是我自己悟出来的：要是想进一步讨女孩子的羡慕，就要去读一些她们看不懂我也看不懂的书。

那一年我们十五岁，我不可抑制地喜欢她。我疯狂地看书，原因仅仅是她相信我会成为一个大才子。这之后的几年我都没有找到那种如此迷恋一个女孩的感觉，似乎在当时她是不存在的，我只是在全心爱一个我不断填充修改的完美形象。

五六年之后，我们在一家烧烤店里借着中学时代的往事踏上了回忆之路。

"其实我那时候一直都挺喜欢你的。"我漫不经心地说。

"可是你太花心了。"她喝一口可乐，"你女朋友刚出去你就要勾引我。哼!"

"可能是,"我将她的杯子续满,"那时候不是。"

那时候我走在台阶上跟在她后面,数着走过的步子。我知道如果今天再不能说出口,或许此后我也绝无这样的机会。拐过路口时我叫了她一声。

"嗯?"她停住看着我。

"我……我要去我舅舅家!"我大声叫道。

"我知道,你嚷什么呀!"

我脸一红,快步和她并排前行,低头看她的手臂。我几次想抓起她的手都没有足够的勇气。

"七路车!"她突然跳起来,"都是你,你说没车了的。"

"反正快到了,坐下来歇会儿吧,正好我还有个秘密告诉你。"

"你就说吧,躲躲闪闪的。"

"其实我那时真的挺喜欢你的。"在烧烤店里我对她说了这个秘密。

"别逗了,你女朋友像收麦子一样一茬茬地换,"她放下杯子笑着向我凑近一点,"你想把我编到第几茬?"

"我没说假话。"我说,"不然这样,这个瓶盖抠开,要是中奖了,那就是上天在鉴证我说真话。"我用力过猛,瓶盖落在地上。我钻到桌下掏出我事先准备好的瓶盖,起身递给她,长舒一口气,"只有千分之几的中奖率。"

她表情严肃起来,把玩着瓶盖像是自言自语:"你当时为什么不直接说呢?"

女朋友突然走进来问我们在说什么。

"她刚对我说了个笑话,"我对女友解释,"说战争结束后,一个从战场下来的士兵给他妈妈打电话,说他要带了战友回来一起生活。'行啊。'儿子回来她当然高兴了。'可他双眼被枪打瞎了'。'也好,我们照顾他。''他失去了左腿'。沉默。'双臂也被截断了'。'孩子',那边说话了,'这样的英雄国家会负责的,为什么非要到咱家住呢?'电话挂断了,士兵跳楼了。等他妈妈看到孩子尸体时,她问死去的儿子:'你当时为什么不直接说呢?'"

"我可不觉得这是笑话,"女朋友说,"这挺悲哀的。"

"是啊,"她有些感伤地说,"你当时为什么不直接说呢?"

我当时是想说来着,却无法鼓起足够的勇气。快到她家的时候,我停下来望着她慢慢远去的背影,看着手表。我决定一分钟后就对着天空大喊:我没有什么舅舅,就是想送你,我就是喜欢你!一、二、三……

过去五十五秒了,我已经看不到她了。

五十六秒了,我根本没舅舅。五十七秒了,我只想送你回家,一会儿我还得原路跑回去呢。

五十八秒了,我感到脸上湿湿的。

五十九秒了,滴——"我喜欢你!"

我等待着自己的回音,声音在楼间撞来撞去最后又流回耳朵里。我打算再等一分钟,这样就刚好一刻钟了。我俯下身听着表针在飘,当飘动的表音响足六十下的时候我期待的奇迹就是这样发生的:她跑回来了。

"下雪啦,你看,下雪啦!"

我仰头望去,天空变成亮红的颜色,雪花仿佛留恋云间的寒意在空中起起伏伏不愿落下来。她放下书包兴奋地跳起来去抓半空中的雪花,就像是蝴蝶在夜色中翩翩起舞。我静静坐下来时不自然地哭了,我不知道她听到我刚才的呼喊没有。就算没有我也不打算再向她示爱了,看着飞舞的蝴蝶,我知道凡人是不能爱仙女的。

后来她也坐了下来,我们面对面地望着。我笑了,她也跟着笑了,无数雪花在我们之间形成一道薄薄的屏障。我真希望我们可以在这里永远坐下去,看着一片片雪花穿过千年的忧伤将我们覆盖。我梦想自己某一天即使身体已经枯烂可以永远嵌一双眼睛在这白雪之中,看着几千年后她渐渐融在雪中的美丽容颜,看着路灯下映红的雪片,看着浮在她脸上那淡淡的笑容,哪怕我们早已死去。

不可逾越,无法忘记

文/蒲 实

一

若干年前,我在欧洲一个宁静的小城读书,独自租住一套两居室的房子。窗外就是茂密的树林,偶遇绵延的雨季便积水成湖。明媚的早晨,我常会想象窗台上蜷着一条晒太阳的蛇,寂静的夜晚,则会期待一对趴在窗棂上的熊掌,是不速之客到访的信号。

那年夏天,接到朋友电话,他有个友人来旅行,问能不能在我这里借宿几日。因为有间卧室一直空着,我那时又刚买了辆好车,正手痒,加之本性好客,便爽快答应。

还记得那是个周六,我照常睡到快中午,起床冲了个澡,出来发现有个未接来电。打开语音信箱,有条留言。摁下播放键,里面传出一个女孩甜美的声音,先叫了我的名字。我当时怔住了,心弦被拨动了一下。我从未听到过这么美妙的声音,带着些稚气,很温柔,干净得没有任何杂质,对我来说,就像天籁之音。我开始有些期待看到她。

电话打回去,她已在机场,正要飞过来。尽管是个从未上过高速的新手司机,机场又相当遥远,我还是不假思索地提出,去机场接她。放下电话,立马把客房收拾一通,被罩床单送洗衣房洗净烘干,然后跳上车,往机场奔。

在机场，我一眼就认出她。她在高大的欧洲人堆里显得小小的，纤弱得有点突兀，背上沉甸甸的行囊就像随时会把她摁倒在地似的。她很清秀，一头长发随意盘起，正在人群中张望搜寻着我，她的眼神和声音一样纯净，还带着些倔强。我大步迎上去接过她的行李，不知何故，我总觉得她与我相遇的目光里有一种久别重逢的喜悦。

她是个摄影师。见到我时，她已在世界独自旅行了三个多月，拍一组人物肖像。我的小城是她旅途的中段。她庞大的周游计划野心勃勃，她总想方设法省钱，睡朋友公寓的地板，在夜车上过夜，甚至还在火车站的咖啡厅坐过一宿。说起这些，她带着笑，手舞足蹈，好像一个小孩在向小伙伴们炫耀一个伟大的探险故事。我告诉她，她来得正不巧，天气预报说，飓风就要登陆我们的小城了。她说，是吗？我还没亲身经历过飓风呢！然后开始欢快地想象自己坐在屋顶已被掀掉的露天席梦思床上，漂在汪洋中央，"这样就有理由歇几天脚，一步也不用离开床啦。"她说。她坐在我身边，我能感受到她散发的有热度的体温，她的身体里好像装着一个奇妙的宇宙，我真想鼓起勇气走进她的世界里。她拿起电话，给她的爱人报了个平安。她说，她已经工作了七八年，我该叫她大姐才对。

二

尽管已开学，我还是很乐意做她的司机。我带着她跑遍小城的每一个角落，在这里住了这么久，如果不是她的到来，我的生活空间三点一线，与世隔绝。有一次我们在夜色里闯进了巴尔干移民的居住区，绕来绕去迷了路。我有些紧张，她跳下车，从容地去和陌生人打招呼，语气亲切，一点不在意可能的危险。我跟紧她，准备好防御，她却已问完路，笑着对他们说谢谢。记得一个飓风来袭的夜晚，她瘦弱的身影站在狂风细雨里，不停地拍摄，专注得忘掉了世界。我走过去，为她撑了把伞。有时候，她一天要去几个地方，她工作的时候，我就在车里等着。为了打发时间，我带了本书，在附近逛，逛完了，就坐下来看会儿书。有一次，我去接她，从她背后走去，她正好回过头来，看到我，特别开心地笑，眼里闪动着喜悦的光。

我还带她去刮大风的海边。她轻轻地靠近海鸥，然后在它们起飞时咯咯地笑。跟着在沙滩上飞奔的鸟儿跑，被它们双脚卖力飞奔的滑稽憨态逗得直笑。她与大自然好像没有任何距离，像个孩子，旁边的我不知所措，心却怦怦跳。坐在沙滩上，她给我讲她旅行的见闻，也讲对琐碎现实的反抗。我安静地听，她的眼神既愉悦又忧伤。回到住地，作为答谢，她说，给我做顿家乡菜。看着她在厨房里忙忙碌碌，像一个小女孩在摆弄自己心爱的布娃娃，我突然觉得，自己渴望有个家。离家已久，能在饭桌上吃到丰盛的家乡菜，是一种对乡愁的慰藉。

她短暂停留几天时间，便要重新启程，我越来越觉得不舍。临走前的那个晚上，我们走在小城中心繁华的街道上，我鼓起勇气问她，能不能牵她的手？她不说话，笑着低下头，我拉起她的手，有一种触电的感觉。晚上，她待在客厅里，坐在电脑边整理了一整晚的图，我坐在对面，看了一晚上文献，结果一个字也没看进去。有一种力量让我们对坐着，却又被另一种力量推开，就这样维持着现状。第二天，我送她离开，两个人都竭力维持着笑。

她走以后，我就像被掏空了一样。在实验室里，试管爆炸，划伤了脸和手。去洗衣房洗衣，把牛仔裤忘在烘干机里，好几天才发现，去找，早已不在。浇花，一走神，全部浇到电脑上，键盘当即作废。有一次去当地朋友家，他爸爸逍遥地弹着吉他唱着歌，一家人聊琐事，聊亲朋好友，很温馨，我独自走到房子外的草坪上，两张躺椅正仰望星空，我便开始想象，她和我一人躺一张，斗嘴争吵也惬意。一回到自己的住处，到处都是她的身影，我经常一发呆就到深夜。周围的朋友都感到我很奇怪，总是心不在焉。我却无法给自己一个理由去找她，甚至觉得打一通电话都是一种冒犯。有一道不可逾越的道德的墙，我的爱情在墙外肆虐打转，却总在想迎头而上时停住。

半个月后,她已经在英国,回国之期眼看越来越近。有时她会在深夜工作结束后打来一个电话,好几次喝得醉醺醺,混乱地天马行空侃一通,然后在电话那头哭泣。她总叫我把她忘掉,又自相矛盾地问什么时候能再见到我。我知道,她回国去,便是不同时空,日子回到既定轨道上运行。

三

直到她在欧洲的日子还剩下最后两天,我出了车祸。我正开车从小区出来,左转弯,上公路,一辆皮卡正高速直行。我神游了,大脑完全与现实错位,屏蔽掉物质空间里正在向我逼近的高速物理运动。直到一阵巨大的撞击力把我从幻想中震回来,我才发现,皮卡车的车头已经陷进我驾驶舱的车门,都扭曲变了形,坚实的铁皮竟然挡住了它强大惯性的威力,死神在距我肉体只有几厘米的地方停了步。那一瞬间,我异常平静,大概已经出离了恐惧,我甚至感到庆幸,庆幸我还活着。我还很庆幸,她不在副驾驶座上。这很好,否则她会被吓坏的。

我的新车完全报废了。买这辆车我攒了很久的钱,是一个年轻学生所能拥有的最贵重的财产。但它现在废掉了,修理的费用可以再买辆二手车。拖车公司劝我廉价卖给他们,我挥挥手说,好吧,拿走。我大难不死,也一无所有,完成了一次洗礼。

当天,朋友夫妇陪我去吃饭。坐在他们对面,我越发落寞,真希望现在陪在我身边的是她。她明天就要走了,也许从此后会无期。如果不是突如其来的车祸,我还找不到理由说服自己飞去看她。我一直告诉自己,去了,也不过是另一次离别,我什么都还给不了她。而现在,我突然有了不顾一切的勇气:命运充满偶然性,无从确知,就连我还能完好无损地存在于此,也是个概率事件。那么,自我的生命还有自由可言吗?

无论伦理和现实如何约束，此刻，飞去她身边，是我唯一把握得了的有限的自由。

吃过饭，我飞奔回家，订了当天下午的机票。她的电话打来，我接起来就说，我正订机票，晚上见，先不说了。她惊讶地喊，天哪，你别来！我说，你别管了。挂掉电话，内心已被狂喜淹没。一位当地朋友火速送我去机场，下车，我一路狂奔到登机口。柜台检票员接过我的机票订单，抬眼打量我说，你疯了吧！的确，那张横穿欧洲、第二天就返程的机票，贵得足够我回国往返一次。我对检票员说，我去找我的女朋友，她明天就要回中国了，我想去送她。她有些激动，说，你在讲童话吧！

漫长的飞行，抵达时，已经是深夜，走向出口的每一步都迫不及待。我还是一眼就在人群里认出了她，靠在墙边，等了很久，有些憔悴，眼神漫无目的。我迎上去一把抱住她，觉得特别踏实。

那天晚上，我们待在一个房间里，小心翼翼地保持距离。我们说话，我说车祸，说实验，说未来，她告诉我年轻时要去看看大千世界，说我会有年轻漂亮的女友和与我相称的爱情。说累了，天也快亮了，几乎没合眼，该送她去机场了，我最后再抱紧她一次。

我望着她走进安检，她很多次回过头来向我挥手，示意我别等了，快走吧。我很想对她说，留在我身边，但我始终无法开口，现实勒住我的喉咙，我失声。

她说，再见，珍重。我却从来不知道该如何与她说再见。我一直很努力，我在想，也许有一天，我还是会鼓起勇气去找她，问她愿不愿接受我。她一定会说，不了，我已经老了，我会说，我不在乎。她却从我的生活里彻底消失掉了。后来，我有过女朋友，爱过她们，但不知为何，与她们在一起的时候，我总会不自觉地在某个时刻游离，恍然看到她的背影。然后我看到自己，未经世事打磨的脸庞燃烧着赤诚，在微雨里，向她走去。她回眸，微笑，笑容温暖得像儿时的故乡，那眼里闪烁的喜悦的光，照亮了我多年的记忆。

爱情，限量版

文／（台湾）刘若英

一

小练坐在灰色的沙发上看书，小映把头枕在小练的大腿上，身体平躺在沙发上，两只脚随着她高兴地晃啊晃，脑子里或者说胡思乱想，或者说"什么都没想"，这是小映最喜欢的状态。

客厅的两台笔记本电脑随意地散落，一台 MAC，一台 PC，虽说互不相容，但也安然无事地依傍在一起，只是各有各的主人。

无声的变化正在发生。小练每天的工作不断地加重，但除此之外，他自认为把剩余的时间都给了二人世界。可不管他怎么挤出那些闲暇，对小映而言，都过于破碎。这些相处，就算拼凑起来，也找不回她当初的感动。

小练今天倒是早回家了，在家 SOHO 的小映盘算怎么措辞，她已计划好自己一个人去巴黎旅行。倒是小练先开口了："有一件事情，我想跟你商量一下。公司希望我能去纽约实习两个月，时间不算太长。"小映抬起头看着他问："我可以跟随吗？"小练第一时间拒绝了，说这样给公司的感觉好像假公济私。小映沉默了 5 分钟："那我自己去巴黎旅行吧！"这下小练愣了："巴黎不是说好一起去的吗？"

"我们说好一起做的事情太多了，可是几乎没有一样实现，你总是再说再说。反正你要去纽约，本来就要分开两个月，有什么分别呢？"

接下来的几天,依旧的生活。小映除了手边的工作,大把的时间花在上网找巴黎自助游的信息上。无意间,小映看见了一张景点照片,一块简单而洁白的墓碑,上面刻着两个名字和时间,其他什么都没有——

Jean-Paul Sartre

1905.6.21-1980.4.15

Simone de Beauvoir

1908.1.9-1986.4.14

这个墓碑莫名地吸引了小映的眼珠,萨特与西蒙·波伏娃。这两人相恋了近60年,没有结婚,却互相依偎到终。小映记得第一次接触波伏娃,是第一家诚品书店刚刚开幕,她去逛,看见萨特的一句话写在扉页上:"这个世界上,能与我精神跟灵魂对话的,只有一个人,一个女人——波伏娃。"这短短一句话,让小映感动不已,同时她埋下一个愿望:"如果有一天,有个了不起的男人这样提起我,那该是世界上最美的赞美了。"

二

飞机到达巴黎时是清晨,小映用Video自拍。"虽然坐了十几个小时飞机,但是一点也不累!现在有点凉凉的,小练你还没到吧?"按下Stop键,她跟自己说,下次要跟自己说话,不要又是习惯性地给小练留言了。

小练到达纽约已经是当地晚上10点多了,一到公寓,小练急着开电脑,同事笑他:"果然是传说中的工作狂。"

"到喽!一切都好。今天的行程是随便走走。"简单的留言出现在小练的屏幕上。小练有些酸楚,平时也没觉得自己多需要小映,反倒常常是"无声胜有声",但看到这么简短的信息,竟有种被抛弃的感觉。

小映每天睡到自然醒,按照自己在台湾的步调,一杯黑咖啡、一片吐司,然后9点出发,一区一区地逛,行礼如仪地把之前脑海里想象的

行程都走一遍。墓园比一般的景点早开门，小映8点就到了门口。走进去，一如安息该有的萧索，一个石碑上刻着个别墓碑的指引，她细细地搜索，远远就看见她所熟悉的画面。她没有刻意靠近，只是静静地在墓碑前的椅子上坐了下来。就是这座墓碑下，躺着一对至死不渝的战友和恋人，他们一生都在打破传统，应该说用尽力气挑战传统，但最终选择守着对方。小映在想，这么有智慧的两个人，选择不结婚，只打两年的契约，就这么一直"续约"到终，是什么道理？

她突然强烈想念起小练来，便拿起了电话。这是分开后的第一个电话。小练还在睡，但一听声音就清醒了，"你还好吗？"

"很好啊，我在萨特跟西蒙·波伏娃的墓园。"

"啊？萨特。"小练努力跟上节奏，"去墓园干吗？"

"跟他们聊天啊！"

"你疯啦？"

小练没听出她发出的求救信号，她望着眼前的墓碑，多么希望小练能回她"你等我，我马上过去加入一起聊"。但这不是小练，虽然小映期待奇迹发生。

小映说："我买了一张画。"

"什么画？多少钱？"

"不是什么画啦，就路边画家的画，但很大，有客厅半面墙那么大，运费很贵。"

"不要吧！"小练从床上坐起来。

"我说不清楚，但我觉得画的价值不重要，我能把一种心情带回去比较重要。"

小映挂上电话后，小练起床，忐忑不安。他知道有风暴在酝酿。这种信号过去他意会过几次，都是小映说些伤感、莫名其妙的话，他总是让她别想太多，然后设法第二天早点回家。但这次他有不祥的预感。小练还是给小映写了一封信：

> 小映，我没有看过那张画，本来依我的习惯，我会问一大堆问题，包括那张画画的是什么？你杀过价了吗？运费是空运还是海运等，但你还是决定要把那么大一张画买回家，那一定是有道理的。尽管我不见得理解。
>
> 分开才几天，突然变得陌生了。我能闻得到，这种陌生你适应得比我好，比我好得多。而我因为你的适应，不由得生出了强烈的嫉妒心。原来嫉妒不见得需要有第三者，自信心缺乏才是一切嫉妒的来源。另外，我有预感我的小映并不会跟着我回去，或许应该说，小映人会回来，但她会是一个新的小映，就像加了一张很大的画的旧墙壁一样。这才是我需要好好想的问题。
>
> 我告诉自己，即使我对你的"放得开"嫉妒得要命，很恐慌，觉得你正慢慢往另一个地方飘去，我还是必须相信你，因为这是最初的动力，也会是我最后的抉择。是我想太多了吗？
>
> Love 小练

小映于43天后、早小练一星期，回到台北家中。小练回家时，等待他的是一张大油画，还有小映的拥抱。那画是静物，灰灰的背景，画了一个炖锅，其他什么都没有。

三

日子一如以往地过着，像是两个人从来没有分开过，小练继续当他的工作狂，小映继续活在她 SOHO 族的世界里，聚在一起时，她的头还是安稳地靠在他的大腿上。

半年后的一个傍晚,小练回家时看见小映正在收拾电脑。他很意外也不意外,随身衣物也收拾了,两个大行李箱。小练静静地坐在沙发上等她。他们没有争吵,小练帮她把行李一一抬下楼去。上车前两人紧紧拥抱,泪水浸湿了对方的衣襟。突然小练说:"对不起,我爱你,但我一直没有真正了解你。"小映踮起脚摸了摸小练的头。

那张画小映没有带走。两人之后一直没有联络。

8年后的冬天,有天晚上降温,小映给小练发短信,问他冷不冷,第二天两人神奇复合,她又搬回他家住。两个月后两人办了结婚证,自此一生没有分开。

到了2030年,小映60岁,小练62岁时,人和人的关系基本没有多大变化,还是爱、不爱、在一起、不在一起、结婚、不结婚、离婚,沟通爱、体验爱、怀疑爱、需要爱。

有一天,两人走在巴黎街头,小映指着一个转角,说:"耶,那张画就在这儿买的。"

"啊,什么画?"小练问。

"就那个锅啊,原来挂在老家进门对面的墙上,后来送给露露的儿子了。"

"噢!"小练停了半天,"我后来一直在想,你跑去人家的坟墓干什么。我当时在电话听到你说在什么墓地,心情直接降到零下40摄氏度。想你要怎么过我都会同意,怎么也比死强。"

小映搜索着已尘封的自己:"没那么严重吧!我当时就是努力想抓住一个什么力量,一个比我强大的力量,给我指引方向。我不想跟你分开,但又觉得自己一点一滴在飘走,非常恐惧,又非常无助。那个聪明的女人已经死了,但我非常想去问她,怎么样能跟一个人相处一辈子,而不感到单调和无奈。"

"她给你答案了吗?"小练变得有点幽默感了。

"算有吧,不过她用很沉默的方式告诉我。"这下换小映露出促狭的表情,"答案就写在他们的墓碑上,简简单单两个人的名字,从几年几日活到几年几日,说明他们活过了,是照着他们自己想要的方式活的,活得很完整。他们不是同一年生的,也不是一起死的,但是他们最后还是在一起。"小映最后补了一句:"我当时没有懂,是很久以后才懂的。"

巴黎没怎么变,斜阳把砖铺的路照得金一块紫一块的。这些古老的文明就是好,从不背叛旅人的记忆。小练挽起小映的手,他们正准备晚餐完去听歌剧,隔天去蓬皮杜中心,接下来是蒙马特,几乎是重复小映第一次来巴黎的行程。不过小练心想,这次我也想去一下萨特、波伏娃的墓园逛逛,而且我要一个人去。

这青春恰是一行波德莱尔

文／柯裕棻

台北街头常常有一种青春的时刻，分外让人会心一笑。黄昏，少男少女放学后各自成群搭公交车或捷运，或回家，或补习，或闲逛，男孩自己一群，女孩自己一群，上车来也各自坐开。

女孩们的神态甚是倨傲，坐还是规规矩矩地坐，一手环腰，一手支颐，头凑在一起讲话，低声细语的，眼睛向下。可是她们的眼神有一抹警惕和凛冽，不是担心男孩子看她们，而是暗中瞄着男孩子的动静，那睥睨的眼角余光非常漂亮。她们绝不会和男孩四目交接，却又全然掌控情势，没有破绽，一点也不失态。她们聊着不太重要的话题，每个人都自动扮演了一个角色，选取了一个位置，可她们不动声色，只是准备着，从刘海到裙角、鞋袜，准备着。

如果你不打算和她们交手，光看，她们算是顺手送你一个漂亮的风景。如果你打算过招，事情就不简单了。

那些男孩子没有这样精准的策略，在这个年纪他们注定是较为慌张且不知所措的，他们的痘子比较明显，他们的四肢不甚匀

称，眉眼也不甚整齐。他们的眼神和笑容还没有经过驯养，又直又钝，像天真的小兽。男孩子咧嘴笑着，相互推挤，明显地按捺不住兴奋，坐也坐不稳，话也说不清楚。

整车厢的人都心知肚明地看着这一幕，知道这一群男孩是瓮中鳖了，根本不是女孩的对手。他们将会被彻底地驯服，他们会被吊着胃口，开始到女孩的班上去打听，托人传话，努力打电话或发短信，在校门口或公交车、捷运站群聚着等，然后像这样哧哧傻笑推挤彼此，直到女孩群中有人实在看不过去了，出来打圆场说："你们到底要干吗？"然后，男孩女孩就要开始长大了，他们就要体验真正的愁苦和相思。

突然，其中一个男孩子被同伴推挤出来，跟跄地跌到女孩身边。他红了脸，讷讷地向女孩道歉，旋即归队笑着向其他同伴抗议，同伴们假装没这回事继续嬉笑。女孩们慌了一下，确定这只是个小小的乱子，于是又若无其事地顺顺刘海、发尾，继续聊天。可是看不见的冰已经打破了，她们确定自己占了上风，因此不再目中无人，她们怜悯地看着这群天真的小兽，仿佛初次发现他们的存在。其中一个两手环抱胸前的女孩子，显然是领袖，她个子最高，看来也最伶俐，冷冷地开口了："你们这样很危险耶。"

开始了，全部的人都屏息，被摔出来"破冰"的那男孩急忙指着同伴说："不是我，是他们，是他们。"

女孩领袖说："幼稚。"

男孩子起哄了："喔喔喔，她说你幼稚！"

女孩们一起瞪了一眼，半晌，双方无话。"破冰"的男孩又被同伴推搡，实在不得已，潦草地对女孩说："不好意思啦。"

女孩没有再说什么,这时候如果有人继续和解,局势大好,可男孩中另一个不太起眼的小个儿突然抢了话,酸酸地讲:"哎哟,其实是心疼了啦。"男孩们哄然大笑。女孩们没有料到这个,觉得被耍了,眼神一变,一群人约好了似的全部背过去不理人了,只差没啐一口。旁观者都在心里轻轻叹气,哎呀哎呀,为了这句话,那男孩的希望又更渺茫了。

下车的时候小个儿还沾沾自喜,不知道自己干了什么好事,他大概还是个快乐的孩子,还不明白这有什么好在乎的。又或者,他其实已经都明白了,但这长大的游戏总是没他的份儿,女孩眼里没有他,他无论如何也要插个话,没想到却搞砸了。因此他虽然笑着把自己撑下去,那笑却是酸苦的,既是成长的酸苦,也是嫉妒的酸苦。

"破冰"男孩的笑容也已经开始黯淡,朋友坏了自己的好事,棋局已残,再不甘愿也得笑。唉,他也许从此走上了岭路斜崎的日子。他也许就回家去写愁苦日记,甚至开始写诗了。

在假日,离了上课和补习,青春的风景更旖旎,更叫人低回。

台北郊区常见一种临界的地势,公寓住宅区后面不远即是绿葱葱的小山,平常的日子里有点荒凉,可是春天一样有蝴蝶花鸟。就在这样的地方,一对十五六岁的少年男女一前一后地在草地边上沿着小沟散步,有模有样。

这想必是刚刚开始的约会,他们连手也不敢牵,连笑也很乖巧,各自沉浸在幸福的幻想中,各自傻傻地笑。男孩看来略长几岁,也许是高二高三,着格子衫牛仔裤,走在后面的神情像是捧着一束花。女孩着桃红短外套,白裙子,扎公主头,带着微笑走在前面。那女孩怎么看都像是初中生的样子,一个长手长脚瘦伶伶的小孩,可是这无损她难以逼视的秀美。她正处于人生交界的模糊地带,日后她的眼睛再也不可能如此既朦胧又清明,她的身体也不再如此暧昧于纯真和挑逗之间。此刻,她带着无坚不摧的笑容,她说要有光就有了光。

两人走在小沟旁微微高起的水泥砖上,那砖很窄,踩起来不太稳当。女孩一边侧头跟男孩说话,一边注意自己脚下的平衡。到底为什么要走那砖缘呢,真是太险了——是一种孩子气无心的表现,此时或许是她15年间最大胆的一刻,这是她的赌局,她要是跌了,男孩最好适时扶住她。万一没有,那就是这个春天的原野辜负了她,平白浪费了她的桃衣白裙。

突然间她晃了晃,男孩子伸手去扶,她自己也张开双手维持平衡——这一刹那她像一树樱花一样抖擞盛开,在日光下绚烂地伸展四肢。这天地是她的,全都为了她而存在,蝴蝶、花鸟、男孩、荒草、阳光,以及路人。

女孩下了水泥砖,两人相视一笑,眼神交接,手却放开了,像在侯孝贤的电影里。

人生不如一行波德莱尔?这青春,恰恰就是一行波德莱尔啊。

（京）新登字 083 号

图书在版编目 (CIP) 数据

亲爱的玛嘉烈 / 李钊平主编；青年文摘图书中心编 . — 北京：中国青年出版社，2014.7
（青年文摘彩虹书系）
ISBN 978-7-5153-2437-1

Ⅰ . ①亲… Ⅱ . ①李… ②青… Ⅲ . ①散文集 – 中国 – 当代 Ⅳ . ① I267

中国版本图书馆 CIP 数据核字 (2014) 第 098610 号

亲爱的玛嘉烈

青年文摘图书中心 编　　李钊平 主编

责任编辑：侯庚洋 彭慧芝
内文插图：河　川
装帧设计：后声 HOPESOUND
出版发行：中国青年出版社
社　　址：北京东四十二条 21 号
邮政编码：100708
网　　址：www.cyp.com.cn
编辑中心：010-57350371
营销中心：010-57350370
印　　装：三河市君旺印务有限公司
经　　销：新华书店
规　　格：880×1230　1/32
印　　张：8.75
字　　数：230 千字
版　　次：2014 年 7 月北京第 1 版
印　　次：2014 年 9 月河北第 2 次印刷
印　　数：12001–16000 册
定　　价：28.00 元

如有印装质量问题，请凭购书发票与质检部联系调换　联系电话：010-57350337

青年文摘图书中心精品书目

青年文摘白金作家系列

《女生，我悄悄对你说》（毕淑敏著）
《男生，我大声对你说》（毕淑敏著）
定价：32元（单册）64元（套装）

《跨越百年的美丽》（梁衡著）
定价：36元（平装）48元（精装）

青年文摘典藏系列·第一辑

《成为世界的光》（励志卷）
《爱吧，就像没有痛过》（爱情卷）
《平流层的小樱桃》（成长卷）
《生命灿烂如花》（人生卷）
《在有限的人生彼此相依》（温情卷）
《推开虚掩的智慧之门》（哲思卷）
定价：22元（单册）132元（套装）

青年文摘典藏系列·第二辑

《那段奋不顾身的日子，叫青春》（成长卷）
《当我已经知道爱》（爱情卷）
《赠我一段逆流路》（励志卷）
《爱是永不止息》（温情卷）
《梦想照耀未来》（人生卷）
《生命从不绝望》（哲思卷）
定价：22元（单册）132元（套装）

青年文摘30年典藏本

《赢这场人生旅程》（人生卷）
《比爱更爱你》（恋情卷）
《独一无二的柠檬》（成长卷）
《谁在尘世温暖你》（情感卷）
《动听的花园》（随笔卷）
定价：27元（单册）

当当网、亚马逊、京东网、淘宝网及各大新华书店均有销售

青年文摘图书中心 电话：010-57350371 邮箱：qnwzbc@163.com 新浪微博：http://weibo.com/qnwzbook 腾讯微博：http://t.qq.com/qnwzbook